로크미디어가
유혹하는
재미있는 세상
ROK MEDIA
로크미디어

천외천의 주인

천외천의 주인 15

2021년 9월 9일 초판 1쇄 인쇄
2021년 9월 14일 초판 1쇄 발행

지은이 한수오
발행인 김정수 강준규

기획 이기헌 왕소현 박경무 강민구
책임편집 오영란
마케팅지원 배진경 임혜솔 송지유 이영선

발행처 (주)로크미디어
출판등록 2003년 3월 24일
주소 서울시 마포구 성암로 330 DMC첨단산업센터 318호
Tel (02)3273-5135 **편집** 070-7863-8596 **Fax** (02)3273-5134
홈페이지 rokmedia.com **E-mail** rokmedia@empas.com

값 8,000원

ISBN 979-11-354-9402-4 (15권)
ISBN 979-11-354-8621-0 04810 (세트)

한수오 신무협 장편소설

천외천의 주인

| 역사의 변화 |

차례

번천翻天 (1)

설무백 등은 한시도 쉬지 않고 내달려서 강서성의 남창부에 입성했다.

설무백의 결정이었다.

예기치 않은 장소에서 남맹의 금검사자대를 만난 것이 그는 못내 마음에 걸렸다.

작심하고 잠행을 한 것은 아니나, 나름 사람의 이목을 피해서 행동했는데도 남맹의 눈에 포착되었다.

이는 남맹이 전과 다르게 그의 존재를 확실히 알고 있고, 눈여겨보고 있다는 방증이었다.

남맹의 총단이 적잖게 멀리 떨어져 있다는 점을 따져 보면 더욱 그랬다.

설령 십전옥룡 구양일산이 이끄는 금검사자대가 외부에서 활동하는 중이었다고 쳐도, 사전에 그의 움직임을 포착하고 있지 않으면 절대 그럴 수 없는 시간의 공백이 생기는 것이다.

설무백은 그에 준해서 적극적으로 주의할 필요가 있다고 판단했다.

부분적이긴 하나 이미 그가 아는 것과 달라진 역사의 흐름이 적지 않음을 감안해 볼 때, 이제는 지금과 같은 남북대전의 상황조차 언제까지 유지되는지 알 수 없었다.

어느 한순간에 상황이 변해서 남북대전이 끝나 버리거나 그보다 더 극적인 상황으로 바뀔 수도 있었다.

이를 테면 느닷없이 전생의 그가 경험해 보지 못한 진짜 치열한 남북대전이 전계될 수도 있다는 점을 염두에 두고 있어야 했다.

언제고 기필코 다가올 환란의 시대를 제대로 맞이하려면 매사에 최선의 상황을 바라되 최악의 상황을 대비하고 있어야만 한다는 것이 그의 생각인 것이다.

내내 그런 다짐에 취해 있었기 때문일까?

동이 트는 새벽 무렵에 도착한 강서성 남창부의 성내는 침울할 정도로 한산했다.

제아무리 남북대전의 여파를 감안해도 접경 지역과 제법 멀리 떨어진 후방이라 평소 도심의 모습을 볼 수 있을 것이라고 생각했는데 전혀 그렇지가 않았다.

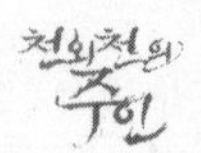

그리고 그건 도심을 가로지르고 남문 밖으로 나와서 마주친 나지막한 가화산(佳華山)의 중턱에 자리한 모용세가의 장원도 마찬가지였다.

모용세가의 장원은 동녘의 빛이 아침햇살로 바뀌어서 너울진 전각의 기와를 밝게 비추고 있음에도 불구하고 한겨울의 외딴 섬처럼 을씨년스럽기 짝이 없었다.

아침을 여는 사람들의 모습이 거의 보이지 않아서 그랬다.

남맹을 적극적으로 지원하는 무림세가라 상당수의 가솔들이 자리를 비웠다는 점을 감안해도 이건 정도가 너무 심했다.

폐가까지는 아니지만, 거의 그에 준하는 모습으로, 마치 흉가(凶家)처럼 음산한 분위기마저 느껴지고 있었다.

"분위기만 그렇지, 사람이 바깥출입을 하지 않고 있어서 이런 것인지도 모르죠. 혹시 모용초의 죽음이 알려져서 이런 것이 아닐까요?"

공야무륵의 의견이었다.

설무백은 내심 같은 생각을 하기도 했으나, 단순히 그 때문이라고 보기에는 어딘지 모르게 거부감이 들었다.

무엇보다도 지금의 그는 비열한 모용초에 대한 기억이 남아 있어서 그런 거 저런 거 따질 정도로 모용세가에게 전혀 호의적인 감정이 없었다.

선입견이 이래서 무서운 것이다.

"확인해 보면 알겠지."

설무백은 짧게 말하며 앞으로 나섰다.

공야무륵이 적잖게 당황하며 제지했다.

"지금 그냥 쳐들어가시겠다고요? 은밀하게 파헤쳐 달라는 부탁이 아니었던 가요?"

설무백은 고개를 저었다.

"아무리 봐도 그렇게 여유를 부릴 수 있는 상황이 아니야."

"하긴, 금검사자대를 그리 박대해서 돌려보냈으니, 남맹이 그저 손가락이나 빨며 가만히 있지는 않을 테죠."

공야무륵은 바로 고개를 끄덕이며 수긍하고 넘어갔다.

설무백은 사실 그보다 더 복잡하고 다양한 이유가 있었으나, 굳이 그걸 지금 설명해 줄 필요성은 느끼지 못했다.

그래서 그냥 고개를 끄덕이며 발길을 옮겼다.

그러자 이번에는 암중의 혈영이 제동을 걸었다.

"사도와 사사무라도 먼저 부르시죠? 그간 모은 정보만 해도 상당할 겁니다."

설무백 등은 일전에 먼저 남창부로 보내서 모용세가에 대한 정보를 수집하고 있으라고 지시한 사도와 사사무에게 연락을 취하지 않고 곧장 모용세가로 왔다.

지금쯤 사도와 사사무는 그들이 도착한 줄도 모르고 남창부를 돌며 모용세가에 대한 정보를 수집하느라 정신이 없을 터였다.

"음……!"

혈영의 말을 들은 설무백은 잠시 고민했으나, 생각은 달라지지 않았다.

지금 그의 눈에 들어온 모용세가의 분위기는 그처럼 묘했다.

"아니, 먼저 들어가 보자. 대신 흑영, 네가 가서 사도와 사사무를 찾아서 데려와라."

"옙!"

암중의 흑영이 짧게 대답하며 재빨리 떠났다.

설무백이 상황을 정리하기 무섭게 호기심 어린 눈초리로 이리저리 오가며 모용세가의 장원을 살펴보던 요미가 말없이 그의 그림자 속으로 스며들었다.

사술과도 같은 고도의 은신술, 그녀만이 펼칠 수 있는 전진사가의 수법이었다.

설무백이 따로 눈치를 준 적이 없었음에도 불구하고 그녀가 이런 행동을 취한다는 것은 이미 혈영이 남몰래 주의를 주었다는 뜻이었다.

공야무륵이 그사이 설무백을 젖히고 앞으로 나서서 모용세가의 대문을 두드렸다.

시간상으로 보면 당연히 종복들이 대문을 열고 나와서 마당이라도 쓸고 있어야 마땅했으나, 여전히 대문이 굳건하게 닫혀 있었다.

쾅쾅쾅—!

공야무륵이 몇 차례 두드리자 누군가 나서는 인기척이 들리며 대문이 열렸다.

늙수그레한 중년의 사내 하나가 십여 명의 사내를 거느리고 와서 대문을 열어 준 것이었다.

중년 사내가 밖으로 나서며 물었다.

"뉘시오?"

설무백은 대답에 앞서 내심 고개를 갸웃했다.

중년 사내도 그렇고, 그 뒤에 시립한 사내들도 그렇고, 하나같이 예사롭게 보이지 않았다.

다들 애써 태연하게 평범함을 가장하고 있으나, 대문을 두드린 공야무륵에 이어 뒤에서 기다리던 설무백와 위지건을 훑어보는 눈빛에는 범인과 다른 예리한 기세가 갈무리되어 있었다.

단순한 종복들이 아니라 상당한 수준의 무공을 연마한 무인들인 것이다.

그러나 당연하게도 설무백의 눈에는 우스운 수준.

그는 내색을 삼가고 앞으로 나서며 공수했다.

"본인은 설 아무개라는 사람인데, 모용상린, 모용 가주님을 좀 뵈러 왔소."

중년 사내가 새삼스럽게 설무백을 위아래로 훑어보며 물었다.

"무슨 일로 가주님을 뵙겠다는 거요?"

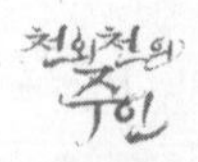

설무백은 좀처럼 길을 내줄 것 같지 않은 중년 사내의 태도에 굳이 불쾌한 감정을 숨기지 않았다.

"가주에게 용무가 있으면 종복에게 먼저 밝혀야 하는 것이 모용세가의 가규(家規)이오?"

살짝 찔러 본 것에 불과했는데, 중년 사내가 여지없이 본색을 드러냈다.

"아니, 왜 식전 댓바람부터 남의 집에 찾아와서 가규를 따지고 지랄이야? 집안에 우환이 있어서 특별한 일이 아니면 절대 객을 받지 말라는 것이 우리 가주님의 엄명이다! 이제 알았으니, 시답잖은 용무 가지고 남의 집에 와서 주인 행세하려 들지 말고 경을 치기 전에 어서 썩 꺼져!"

대담하다고 할까, 아니면 무지하다고나 할까?

중년 사내는 설무백 등이 범상치 않은 사람들임을 익히 알아보았을 텐데도 전혀 거침이 없었다.

이건 아무리 생각해도 정상적이라고 볼 수 있는 태도가 아니었다.

무슨 타고난 독불장군도 아니고, 자신의 힘만 믿고 상대를 무시하며 제대로 알아보지 못하는 이런 태도는 상당한 무공을 익히긴 했으나 실제로 강호 무림에 나와서 싸워 본 적은 전혀 없는 대갓집의 철부지 귀공자나 가능할 법한 행동이었다.

'아니면 갑자기 무공을 익혔거나 갑자기 무공이 비약해서 눈에 보이는 게 없는지도 모르지.'

그러고 보니 중년 사내의 뒤쪽에 시립해 있는 사내들도 하나같이 자신만만한 얼굴에 흉흉한 눈빛을 드러내고 있었다.

설무백은 도무지 이해할 수 없는 그들의 태도가 신기해서 슬쩍 한 번 더 찔러 보았다.

"가내에 어떤 우환이 있다는 거지?"

중년 사내의 태도가 보다 더 거칠어졌다.

"네깟 것이 그걸 알아서 뭐 하게? 혹시 지금 시비 거는 거야?"

설무백은 예상대로 기다렸다는 듯 사납게 나오는 중년 사내의 반응을 보자 멋쩍어져서 절로 뒷머리를 긁적였다.

"대체 이게 무슨 상황인 건지……."

정말 무슨 상황인지 모르겠어서 무의식중에 탄식한 것인데, 중년 사내가 그 말을 듣고 안색이 변했다.

"정녕 네가 권주를 마다하고 벌주를 받겠다 이거지?"

중년 사내가 쌍심지를 곧추세우고 누런 이를 드러낸 채 소매를 걷어붙이며 나섰다. 뒤에서 대기하던 사내들도 기다렸다는 듯이 나서고 있었다.

설무백은 더 이상 고민하지 않고 말했다.

"일단 죽이는 말아 봐."

공야무륵이 이 말과 거의 동시에 앞으로 튀어나가 다가들던 중년 사내의 가슴에 일격을 가했다.

"컥!"

중년 사내가 여지없이 비명을 지르며 나가떨어졌다.

그 뒤를 따라서 우르르 달려드는 사내들은 어느새 공야무륵의 곁으로 나선 위지건의 몫이었다.

투다닥-!

위지건의 장대한 몸이 회오리처럼 돌아가며 사내들을 휩쓸었다. 그리고 함지박만 한 그의 주먹이 삽시간에 사내들의 턱과 가슴, 복부를 마구잡이로 강타했다.

"컥!"

"크악!"

둔탁한 소음 뒤로 억눌린 비명이 꼬리를 물고 이어지며 사내들의 신형이 돌개바람에 휩쓸린 가랑잎처럼 사방으로 나가떨어졌다.

설무백은 그런 그들을 아무렇지도 않게 외면하며 대문 안으로 들어갔다.

그러다가 멈추었다.

놀랍게도 공야무륵의 일격에 피를 토하며 날아간 중년 사내가 벌떡 일어나고, 위지건의 외문기공에 비명을 지르며 나가떨어진 사내들도 주섬주섬 몸을 일으키고 있었다.

"이런 개새끼들이 정말 죽고 싶어서 환장을 했구나!"

중년 사내가 입가의 핏물을 소매를 문지르며 이를 갈았다.

다른 사내들도 아무렇지도 않게 눈을 부라리며 그들을 향해 다가서고 있었다.

설무백은 그제야 중년 사내의 눈동자에 서린 붉은 기운을 보았다. 다른 사내들 역시 그보다는 여리지만 그와 같은 핏빛 그림자를 눈동자에 심어 놓고 있었다.

'마공(魔功)!'

틀림없었다.

이건 마공을 익힌 흔적이었다.

정확히는 비정상적인 방법으로 마공을 속성한 자들에게서 나타나는 현상이었다.

그리고 사실이 그렇다면 어이없게 느껴지던 작금의 상황이 모두 다 설명되었다.

마공이 다른 사람들 앞에서 펼칠 수 없는 무공이라는 것과 속성이 가능하다는 점이 모든 것을 설명해 주는 것이다.

'마도, 마공이라니!'

설무백은 상황을 이해하고 수긍하는 것과 별개로 적잖은 충격에 휩싸였다.

그럴 수밖에 없었다.

강호 무림의 판도는 벌써 이백여 년도 더 지난 과거에서부터 정사마(正邪魔)의 구분 대신 흑백 양도로 불리기 시작했고, 더 나아가서 마도의 무공인 마공은 거의 씨가 말라서 눈을 씻고 찾아봐도 찾아볼 수 없었기 때문이다.

사연인즉 이랬다.

이백여 년 전, 지옥혈제 파릉이 이끄는 혈교는 중원을 침공

했다가 비록 중원을 완전히 장악하지 못한 채 침몰하긴 했으나, 엄연히 그들의 패악 아래 수년을 지냈던 중원의 무림은 정사마의 경계가 모호하게 변했다.

이는 강호 무림이 혈교 이전인 마교 천하 이후에도 겪었던 아픔으로, 정도의 무공과 마도의 무공이 혼용되면서 어쩔 수 없이 자연스럽게 이루어진 세태였다.

그러나 소위 명문 정파의 후손들인 강호 무림의 대다수 명숙들은 도저히 그것을 용납할 수 없었다.

마교 천하가 완전히 무너졌음에도 불구하고 혈교가 등장했듯 강호 무림에 마공의 잔재가 남아 있는 한 언제고 제삼의 마교나 혈교가 등장할 수 있다는 두려움이 그들의 가슴 깊이 새겨져 있었던 것이다.

결국 그들은 지속적인 회합을 통해서 엄격하게 사마공을 가려내 소멸시켰다.

당시의 무림 공적들이 거의 다 마공을 익힌 자들이었다는 것이 그것을 대변했다.

또한 그들은 조금이라도 마공이나 사공의 기류가 섞인 무공은 정도에서 철저하게 배격하며 무자비하게 내쳤다.

그리고 강호 무림의 판도를 정도, 사도, 마도라는 말 대신에 흑도와 백도라고 규정하는 것이 그때부터 생겨났다.

강호 무림은 점차 그들, 명문 정파의 명숙들의 결정을 수용하는 부류와 수용하지 않고 거부하는 부류로 나뉘게 되겠고,

그들이 바로 백도와 흑도로 불리게 되었던 것이다.

즉, 흑도와 백도는 나쁘고 좋다는 의미가 아니라 정도의 무공에 섞인 마공과 사공의 기류를 걷어 내는 과정에서 생겨난 구분에 불과한 것이다.

오랜 세월 속에 와전되는 바람에 작금에 이르러서는 실리와 이득을 따지는 무리와 명예와 영광을 추종하는 무리의 차이로까지 변질되어 버렸지만 말이다.

그런데 지금 이 순간, 명문 정파의 명숙들이 그처럼 장장 이백여 년 동안이나 사력을 다해서 배격하고 소멸시킨 마공이 나타났다.

그것도 여기는 강호 무림에서 명문 정파로 꼽히는 무림세가인 모용세가였다.

"이런 젠장, 이게 무슨 운명의 장난 같은 상황인지 모르겠네, 정말!"

설무백은 정말이지 난감한 표정으로 한숨을 내쉬었다.

다른 사람에겐 몰라도 그에겐 지금의 상황이 참으로 운명의 장난과도 같았다.

전생의 그는 사람의 선악을 결정하는 것은 그 사람의 마음과 선택이지, 사공이니 마공이 하는 따위의 무공의 영향에 결정되는 것이 절대 아니라고 생각하는 사람이었고, 지금도 그 생각은 전혀 변하지 않았기 때문이다.

그러나 그런 설무백의 태도와 무관하게 장내는 살기가 비등

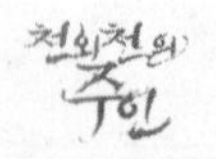

했다.

지금 그가 어떤 생각을 하고 있든 그의 곁을 지키는 공야무륵 등이 사내들의 공격에 즉각 반응해서 살기를 일으키며 나섰기 때문이다.

그때였다.

"이게 대체 무슨 짓이냐! 어서 당장 물러나지 못할까!"

누군가 대문 안쪽에 형성된 드넓은 연무장을 빠르게 가로질러서 그들에게 다가오며 소리치고 있었다.

설무백은 날듯이 빠르게 다가오는 상대를 확인하고는 새삼 머쓱하게 뒷머리를 긁적였다.

백발이 성성한 노인인 상대는 그가 아는 사람이었다.

모용세가의 가주인 모용상린의 숙부이자, 작금의 강호 무림에서 흑도 십웅과 대칭을 이루며 어깨를 나란히 하는 정도 십걸의 한 사람, 백변귀선 모용태세였다.

악머구리처럼 소리치며 달려들던 중년 사내와 그를 따르던 사내들이 대번에 멈추며 물러났다.

다들 붉은 그림자가 담긴 눈빛이 잦아들고, 기형적으로 도드라진 태양혈이 가라앉고 있었다.

설무백은 은연중에 그와 같은 사내들의 변화를 살피며 마른 체구의 백발노인인 백변귀선 모용태세에게 시선을 주었다.

모용태세가 먼저 공수하며 사과했다.

"뉘댁의 공자인지는 모르겠으나, 이거 정말 미안하게 되었네. 가내에 우환이 좀 있는지라 식솔들 모두가 매우 예민해져 있어서 그런 것이니 너그러운 이해를 바라겠네."

설무백은 인사를 받지 않고 모용태세를 바라보았다.

누가 봐도 매우 거만한 태도일 테지만, 상관없었다.

이미 웃는 낯으로 인사나 주고받으며 좋게 끝낼 수 있는 상황이 아니었다.

"저는 설무백이라고 합니다."

설무백은 거두절미하고 자신을 소개하고 나서 물었다.

"백변귀선 모용태세, 모용 노선배님이시죠?"

모용태세의 눈빛이 살짝 변했다.

설무백이 자신을 알아본 것보다 설무백의 정체를 알고 있는 대서 오는 감정의 변화로 보였다.

설무백은 상관하지 않고 계속 말했다.

"이거 정말 놀랍고 당황스럽네요. 이미 오래전에 가문의 일에서 손을 뗐다는 어른을 이렇게 만나 뵙게 될 줄은 미처 몰랐습니다."

모용태세가 미묘한 미소를 드러내며 대꾸했다.

"노부야말로 놀랍고 당황스럽군. 작금의 강호 무림에서 가장 유명한 인물을 이렇게 내 집에서 만나게 되다니 말이야. 흑포사신 아니, 요즘은 그냥 사신(死神)으로 부르더군. 맞지?"

역시나 모용태세는 이미 설무백의 정체를 알아보고 있었다. 그런 그가 설무백의 대답을 기다리지 않고 재우쳐 물었다.

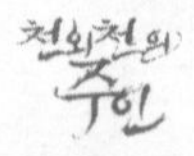

"그래, 흑도의 떠오르는 태양과도 같은 천하의 사신이 대체 무슨 일로 우리 집안을 방문한 것인가? 설마 우리 집안에서 데려갈 목숨이라도 있다는 건가?"

뼈가 있는 질문이었다.

모용태세의 얼굴에 자리했던 웃음기도 이미 씻은 듯이 사라지고 없었다.

설무백은 이미 곱게 끝날 자리가 아니라고 단정했기에 무시하고 곧바로 본론을 꺼냈다. 처음에는 감추고 있다가 상황을 봐서 나중에 꺼내려던 본론이었다.

"제가 찾아온 것은 여기 집안의 사람인 신응 모용사관의 부탁을 받아서 노 선배님의 조카인 모용상린, 모용 가주를 만나기 위해서입니다."

"모용사관의 부탁으로 가주를 만나러 왔다고……?"

"예, 그렇습니다. 지금 뵐 수 있을까요?"

모용태세의 눈빛이 심하게 흔들렸다.

대체 이게 무슨 소린가 싶은 표정이었다.

그 상태로 그가 물었다.

"대체 무슨 일로 가주를 만나겠다는 건가?"

설무백은 자못 냉정하게 대꾸했다.

"죄송하지만, 그걸 알려 드릴 수는 없습니다. 노 선배님은 모용상린 가주가 아니지 않습니까."

모용태세가 불쾌한 감정이 담긴 눈빛으로 설무백을 노려보며 말했다.

“본가의 가주는 지금 객을 만날 처지가 아니고, 노부는 지금 가주를 대신해서 이 자리에 있는 걸세. 그러니 자네는 지금 가주에게 말할 내용을 내게 전해도 무방하네.”

설무백은 고개를 저으며 단호하게 거부했다.

“죄송하지만 안 될 말입니다. 저는 모용상린 가주를 만나서 할 애기가 있는 것이지, 모용상린 가주를 대신하는 사람을 만나서 할 애기가 있는 것이 아닙니다.”

누가 봐도 이건 매우 건방지고, 상대에게 심한 치욕을 주는 대답이었다.

상대가 다름 아닌 정도 십걸의 한 사람인 백변귀선 모용태세이기에 그랬다.

그에 따란 당연한 반응으로 설무백을 바라보는 모용태세의 눈빛이 차갑게 변했다. 기분이 매우 상한 것이었다.

하지만 설무백은 그걸 전혀 느끼지 못하는 사람처럼 새삼 정중하게 공수하며 부탁했다.

“부디 너그럽게 이해해 주십시오. 그리고 모용상린 가주를 만날 수 있도록 부탁드립니다.”

모용태세가 한층 더 불편한 심경이 드러난 눈빛으로 설무백을 노려보다가 이내 찬바람을 일으키며 돌아섰다.

“따라오게.”

“고맙습니다.”

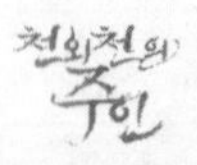

설무백은 거듭 고개를 숙이는 것으로 감사의 마음을 전하며 모용태세의 뒤를 따랐다.

공야무륵이 은근슬쩍 그의 곁으로 붙으며 일그러진 눈가로 바라보았다.

굳이 말하지 않아도 속내를 알 수 있는 태도였다.

설무백도 어찌 모르겠는가.

방금 전까지도 만날 처지가 아니라고 했던 사람을 대뜸 만나게 해 주겠다는 것은 결코 좋은 의도로 읽을 수 없는 태도인 것이다.

지금 그들은 그야말로 올가미 속으로 고개를 들이미는 것인지도 몰랐다.

그러나 설무백은 아무래도 상관없었다.

그는 그런 속내를 담은 눈빛으로 공야무륵의 시선을 마주하며 가만히 고개를 끄덕여 주었다.

애초의 계획과 달리 모용세가의 대문을 두드렸을 때부터 그는 이미 다양한 변수를 감내할 생각이 있었고, 중년 사내 등이 마공을 익혔음을 알고 난 직후부터는 그야말로 최악의 상황까지도 감수할 용의가 있었다.

어쩌면 전생에 풀지 못한 의문을, 바로 무림 천하를 순식간에 뒤집어 놓은 암천의 그림자에 대한 비밀의 열쇠를 발견한 것이 아닌가 하는 마음이 들어서였다.

마공은 그들의 전유물이었기 때문이다.

그런 그의 마음을 아는지 모르는지, 공야무륵이 쩝쩝 입맛을 다시며 고개를 끄덕였다.

무슨 생각인지는 모르겠으나, 그냥 하는 대로 따르겠다는 모습이었다.

설무백은 그저 픽 웃으며 공야무륵을 외면하고 모용태세를 따르는 와중에 주변을 둘러보았다.

영내로 깊숙이 들어갈수록 점점 더 흉가처럼 음산한 분위기가 강하게 느껴졌다.

그도 그럴 것이, 명색이 남북대전 중인데 무림의 가문에 번초가 보이질 않았다.

그뿐 아니라, 내로라하는 강남의 명문세가라는 명성이 무색하게도 영내에 자리한 전각의 외향이 매우 지저분했다.

낡고 허름한 것이야 오랜 풍상을 지낸 전통의 흔적이라고 쳐도, 마치 오래도록 청소를 하지 않은 듯 외벽의 처마에 줄지어 매달린 거미줄은 차치하고, 바닥을 구르는 낙엽이 쌓인 눈처럼 발등에 치였다.

무엇보다도 대문 밖에서 느낀 것이 사실이었다.

사람이 적었다.

분명 사람이 거처하는 전각과 전각 사이의 길을 따라 걸어가고 있음에도 사람의 기척은 물론, 사람의 모습을 거의 볼 수가 없어서 정말 흉가인가 싶을 정도였다.

특히 여자와 어린 아이는 전혀 눈에 띄지 않았다.

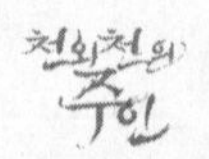

어쩌다가 마주쳐서 길을 내주며 고개를 숙이는 사람들은 죄다 검게 그늘진 낯빛의 사내들이었는데, 그나마도 무언가 잔뜩 겁에 질린 모습이라 더욱 그런 느낌이 강했다.

'뭐지, 이건?'

설무백은 점차 자신의 생각이 틀렸을 수도 있다는 예감에 사로잡혔다.

설령 모용세가가 모종의 사태로 혹은 계획으로 마공을 얻었다고 해도 지금 눈에 보이는 상황은, 그리고 느낌은 그로 인해 부흥을 맞이한 것이 아니라 몰락하고 있는 상황으로 보였기 때문이다.

그때 앞서가는 모용태세가 문득 멈추며 말했다.

"여길세."

어느새 아담한 전각 앞에 도착해 있었다.

대략 서너 개의 정원과 예닐곱 개의 담과 문을 지나서 도착한 전각이었다.

앞에는 작은 정원이 있고, 뒤쪽은 나지막한 담장 너머로 높게 치솟은 산비탈이 자리한 것으로 봐서 후원 쪽에 위치한 별채인 것 같았다.

마친 거기 주변에는 경계가 있었다.

대략 이십여 명의 사내들이 전각의 주변을 에워싸고 있었는데, 하나같이 예사롭지 않은 기도의 소유자들이었다.

'이들도 마공을 익힌 자들일까?'

설무백은 절로 그런 의혹이 차올랐으나, 그걸 확인할 여유는 없었다.

우선 정원으로 들어서기 무섭게 확 풍겨 와서 코를 찌르는 고약한 약 냄새가 그의 생각을 방해했다.

그 다음에 어느새 전각의 길목을 지키던 두 사내를 헤집고 들어가서 전각의 문을 열어 놓은 모용태세가 그를 불렀다.

"들어오게."

설무백은 의혹을 뒤로 미루며 전각으로 들어섰다.

그가 전각의 문 안으로 들어서자, 모용태세가 그의 뒤를 따르는 공야무륵과 위지건의 앞을 막으며 말했다.

"여기는 자네 혼자만 들어갈 수 있네."

설무백은 어깨를 으쓱하며 태연하게 웃는 낯으로 모용태세를 바라보며 말했다.

"믿을지 모르겠지만, 한 녀석은 몰라도 다른 한 녀석은 이런 쪽으로는 죽어도 내 명령이 통하지 않는 녀석입니다. 그러니 막으려면 알아서 막아야 할 겁니다. 그러시겠습니까?"

공야무륵을 두고 하는 말이었다.

그의 고집은 설무백도 막을 수 없는 것이었다.

"음."

모용태세가 침음을 흘렸다.

설무백이 누구를 두고 말하는 것인지 굳이 설명하지 않았음에도 그는 이미 공야무륵을 바라보며 눈살을 찌푸리고 있었다.

공야무륵이 이미 험악해진 표정으로 도끼자루를 잡아가고 있었던 것이다.

모용태세가 물었다.

"물론 이자가 막히면 자네도 나설 테지?"

눈은 공야무륵을 보고 있지만 설무백에게 던지는 질문이었다.

설무백은 대수롭지 않게 어깨를 으쓱이며 대답했다.

"다치게만 하지 않고 막으신다면 저까지 나설 일은 없습니다. 약속합니다. 한데, 다른 수하들이 나설 수는 있겠지요."

모용태세의 미간이 일그러졌다.

"다른 수하들?"

설무백은 천연덕스럽게 웃으며 말했다.

"설마 정말로 모르고 있었다고 시치미를 떼실 작정입니까?"

모용태세가 실로 곤혹스럽다는 표정으로 말을 받았다.

"솔직히 말해서 주변에 누군가 더 있다는 느낌은 받고 있었네. 하지만 그건 나로서도 확신할 수 없는 기척이라 반신반의하고 있던 중일세. 그런데 그게 지금 진짜 있는 거란 말이지?"

설무백은 의외의 말에 기분이 묘했다.

모용태세가 혈영 등의 존재를 이미 알고 있으면서도 모르는 척하고 있는 것이라고 생각했는데, 그게 아니었던 것이다.

하긴, 돌이켜 보면 모용태세의 입장에서 혈영 등의 존재를 알면서도 외면할 이유가 없었다.

혈영 등의 은신술이 어느새 강호 무림에서 흑도 십웅과 쌍벽을 이루는 정도 십걸의 이목을 피할 수 있을 정도로 성장해 있음을 그는 이제야 비로소 깨달았다.

설무백은 못내 흐뭇한 마음을 내색하지 않으며 요미를 불렀다. 애초에 말을 꺼내지 않았으면 모르되 일단 말을 꺼낸 이상 그냥 넘어갈 수는 없지 않은가.

"요미."

요미가 짙은 설무백의 그림자 속에서 불쑥 자라나서 모용태세를 향해 싱긋 웃었다.

"음!"

모용태세가 새삼 침음을 흘렸다. 절로 크게 떠진 그의 두 눈이 경악과 불신에 물들어 있었다.

정도 십걸의 한 사람인 그조차 이처럼 요사스럽고 기기묘묘한 은신술은 처음 보았던 것이다.

하물며 그와 같은 은신술을 펼친 사람은 다름 아닌 묘령의 소녀가 아닌가.

이윽고, 모용태세가 어쩔 수 없다는 듯 포기하며 돌아섰다.

"결국 막고 싶어도 막을 수 없다는 소리로군. 알았네. 그냥 같이 들어가도록 하지."

설무백은 순순히 물러나는 모용태세의 태도를 보자, 점점 더 자신의 예상이 틀렸다는 직감이 강해졌으나, 일단 모든 판

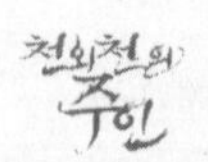

단을 뒤로 미룬 채 모용태세를 따라갔다.

요미가 그런 그의 뒤를 따르다가 이내 그의 그림자 속으로 녹아들어 갔다.

전각의 내부는 현관 다음이 복도고, 그 너머에 대청이 자리한 구조였는데, 밖에서 보는 것과 달리 사뭇 넓었다.

다만 그 모든 공간이 온통 현기증이 일어날 정도로 지독하게 코를 찌르는 약 냄새로 가득했다.

그 이유는 대청을 지나서 들어간 내실에 있었다.

창문을 죄다 장막으로 가려서 서너 개의 등불이 밝혀졌음에도 어두침침한 내실에는 남녀노소인 십여 명의 사람이 하나의 침상 주변에 모여 있었다.

지독한 약 냄새의 진원은 바로 그 침상이었다.

정확히는 목내이(木乃伊 : 미라)처럼 전신이 허연 붕대로 친친 감겨진 채로 침상에 누워 있는 사람이었다.

고약한 냄새는 바로 목내이처럼 보이는 사람의 몸에서 풍기고 있는 것이다.

'설마……?'

설무백은 내심 설마했는데, 설마가 아니었다.

모용태세가 장내의 시선이 집중되는 가운데, 그 목내이 같은 침상의 사람을 가리키며 말했다.

"모용상린 가주일세!"

이 년 전의 일이었다.

모용세가의 대문 앞에 누군가 작은 바구니 하나를 가져다 놓았다. 작은 책자 하나가 들어 있는 바구니였다.

시서(詩書)를 엮은 문집(文集)처럼 생긴 책자였고, 표지도 시중에서 흔히 볼 수 있는 제목인 시선문집(詩仙文集)이었다.

시선(詩仙)으로 불리던 이백(李白)과 시성(詩聖)으로 불리던 두보(杜甫)의 아호(雅號)는 낙방서생이 고향으로 돌아가는 노자를 벌기 위해서 길거리에 좌판을 깔 때도 흔히 사용되는 이름인 것이다.

그런데 살펴보니 그게 아니었다.

표지 안쪽에는 새로운 글씨로 수라혈공(修羅血功)라는 이름이 적혀 있었고, 그 다음에는 수라혈수(修羅血手)와 수라혈검(修羅血劍)이라는 이름 아래 좌공(坐功)을 펼치는 사람의 신체 내부에서 이동하는 기류의 선후와 콩알만큼 작은 사람이 맨손으로, 그리고 검을 들고 갖가지 자세를 취하고 있는 그림이 정교하게 그려져 있었다.

책자는 수라혈공에 기인한 수라혈수와 수라혈검의 투로를 그려 놓고 친절하게 주해까지 달아 놓은 무공도보(武功圖譜), 이른바 무공비급이었다.

그리고 말미에 적힌 정중한 글귀 하나!

-본인이 감당할 수 없는 물건이라 사료되어 평소 은혜를 입은

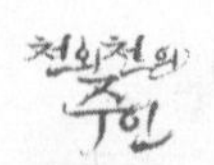

모용세가에 전해 드립니다.

모용세가의 가주 모용상린은 젊은 시절 화소랑(花燒郎)이라는 별호로 유명했다는 것에서 알 수 있듯 알게 모르게 문란하다는 소리를 들을 정도로 술을 좋아하고 여자를 밝히는 사내였으나, 정도에 위배되는 사람은 아니었다.

모용상린은 즉시 가문의 어른들을 불러서 사실을 밝히고 이후의 대책을 논의했다.

비급의 무공이 대충 훑어봐도 그냥 버릴 수 없을 정도로 강력했기 때문이다.

결국 그래서 더욱 격렬한 토론이 벌어졌다.

누군가 불손한 의도를 가지고 전해 준 마공이 분명하니 당장에 태워 버려야 마땅하다는 의견과 불손한 의도로는 보이지 않으면 마음만 정심하다면 마공을 익혀도 절대 마도에 빠지지 않을 것이니 가문의 미래를 위해서 취하는 것이 옳다는 의견의 대립이었다.

전자는 정도를 벗어나는 것이라면 죽음도 불사하는 원로들의 고지식함이었다.

후자는 새로운 세대를 위해서라면 설령 그게 모험일지라도 충분히 도전해 볼 가치가 있다고 주장하는 현 가문의 주류이자 실세들의 욕심이었다.

이제 결정은 가주인 모용상린의 몫이었다.

모용상린은 후자의 손을 들어 주었다.

모용세가가 남궁세가나 구양세가처럼 내로라하는 절기들이 이어지는 무림세가였다면 그도 그런 결정을 내리지 않았을 터였다.

그러나 모용세가는 그들 무림세가들과 달리 이렇다 하게 내세울 만한 절기가 없었다.

검법과 도법, 권법, 경공 등 무공의 종류는 다양했으나, 하나같이 일류에 들까 말까할 정도로, 강호 무림에서 일절로 통하는 절기가 아니었기 가주로서 내린 그의 결단이었다.

그리고 그 결과가 오늘의 모용세가와 모용상린의 모습이었다.

가주인 모용상린이 처음 비급의 무공을 시작했고, 부작용 하나 없이 경과가 매우 좋은 까닭에 너도나도 앞다투어 비급의 무공을 익혔는데, 뒤늦게 그들이 감당할 수 없는 기괴한 부작용이 나타났던 것이다.

처음에는 신경이 예민해지고 과격하게 변해서 흥분할 일이 아닌데도 흥분하기 시작했다.

그리고 점차 감정을 다스리지 못하며 참지 못하게 되더니, 눈에 거슬리는 게 있으면 자신도 모르게 손이 먼저 나가서 살수를 펼치게 되었다.

무공 수련을 위한 비무에서조차 사람이 죽는 사건이 다반사로 일어났다.

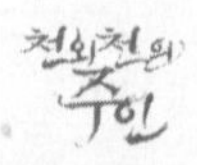

모용세가의 가솔들이 적어진 이유가, 특히 아녀자와 아이들이 거의 다 사라진 이유가 거기에 있었다.

비급의 무공을 익힌 사람들은 다른 무엇보다도 약자를 보면 더욱더 포악해졌다.

아녀자들과 어린 아이들은 그걸 견딜 수 없었고, 처음에는 그들 스스로가, 나중에는 가주 모용상린의 엄명으로 인해 가문을 떠나야만 했다.

모용상린은 비급의 무공을 가장 먼저 익히기 시작했음에도 불구하고 그때까지도 아직은 사리를 명확하게 판단하는 이성이 남아 있었기에 가능한 일이었다.

마음을 정심하게 가꾸면 마공을 익혀도 마도에 빠지지 않을 것이라는 얘기가 전혀 황당한 주장은 아니었던 것이다.

그러나 전혀 황당한 주장이 아닐지는 몰라도 정확한 주장 역시 아니었다.

모용상린의 정심한 이성조차 그로부터 그리 오래 유지되지 못했던 것이다.

당시 모용태세는 부름을 받아서 가문으로 돌아온 후에 가주인 모용상린의 곁을 지키고 있었기 때문에 앞선 상황들과 달리 정확히 기억하고 있었다.

"가주는 일단 변하기 시작하자 그간 변하지 않은 것에 대한 한풀이를 하듯 아주 지독하게 바뀌었네. 지도라는 명목으로 시작한 비무에서 제자 둘을 때려죽여 놓고도 기꺼운 표정으로 웃었네. 내가 왜 그러냐고, 제발 정신 차리라고 말하며 더는 비급의 무공을 수련하지 말라고 했더니 단호하게 거절했네."

모용태세는 다시 생각해 봐도 끔찍하다는 듯이 진저리를 치며 설명했다.

"이제 보니 이건 절대 나쁜 게 아니라고, 지금처럼 마음이 내키는 대로 살 수 있는 길이 마인의 길이라면 자기는 거부할 이유가 전혀 없다고 하며 오히려 나를 설득하더군. 같은 길을 가자고 말일세."

이내 긴 한숨을 토해 낸 모용태세가 무겁게 그늘진 표정으로 나무 상자 속에 누워 있는 모용상린에게 시선을 돌리며 설명을 이어 나갔다.

"그러다가 며칠 지나지 않아서 저리되었네. 이상하게 강해지고, 더욱더 기질이 거칠어지고 있었는데, 운기행공을 하던 도중에 주화입마에 빠져 버려서 저리된 걸세. 나로서는 다행스러운 일이었지. 정말 더는 안 되겠다 싶어서 내 손에 피를 묻힐 생각을 하고 있었으니까."

모용태세는 자기 손으로 모용세가의 가주이기 이전에 자신의 조카인 모용상린을 죽이려고 작심했던 것이다.

"그게 사실인지 아닌지는 저도 잘 모르지만, 마공이 깊어지면 마인(魔人)이 되는 과정을 밟아 가는 도중에 잠시 잠깐이라도 본래의 이성이 돌아오면 주화입마에 빠지게 된다고 하던데, 그게 아닌가 싶군요."

설무백의 말을 들은 모용태세가 가만히 고개를 끄덕이며 말을 받았다.

"나도 그리 생각하네. 그래서 불행 중 다행이다 싶기도 하고…… 그 이후 가솔들이 그 마공을 익히지 못하게 엄한 금지령을 내리며 모두가 보는 앞에서 그 비급을 불태워 버릴 정도로 본래의 심성을 되찾았으니 말일세."

설무백은 묵묵히 고개를 끄덕였다.

이미 그럴 것 같다는 예상을 하고 있었다.

그게 아니라면 마도에 빠진 가주를 저리 처참한 모습으로 목숨을 부지하게 만들어 놓을 이유가 없었다.

한편으로 조금 전에 마주친 가솔들의 상태도 납득할 수 있었다. 소위 그들은 배우다가 말아서 혹은 어느 정도 배우긴 배웠기 때문에 폭력적인 성향이 남아 있었던 것이다.

설무백은 그렇게 생각을 정리하고 마음을 다잡으며 모용태세에게 시선을 고정했다.

"몇 가지 물어볼 것이 있습니다."

모용태세가 어색한 미소를 흘리며 대답했다.

"마치 사형선고를 내리기 전에 한 번 더 상황을 살펴보려는 판관의 질문처럼 들리는군그래."

설무백은 굳이 부정하지 않고 솔직한 속내를 드러냈다.

"제대로 보셨습니다. 노선배님의 대답에 따라 오늘 모용세가라는 이름이 작금의 강호 무림에서 사라질 수도 있습니다."

"저, 저런 건방진……!"

"아니, 그게 무슨 망발……!"

애초에 모용상린의 곁을 지키던 사람들과 나중에 설무백 등의 뒤를 따라서 실내로 들어선 중년 사내들이 반사적으로 도끼눈을 뜨며 반발했다.

모용태세가 기다렸다는 듯이 손을 들며 더 없이 준엄한 표정으로 둘러보는 것으로 그들의 반발을 눌렀다. 그리고 이내 설무백을 향해 고개를 끄덕였다.

"나 역시 짐작하던 바네. 아니었다면 이리 장황한 설명을 왜 자네에게 해 주었겠나. 그래, 말해 보게. 우리 모용세가의 존망을 결정할 자네의 질문이 무엇인가?"

설무백은 지금까지 보여 준 모용태세의 태도를 보고 그가 이미 많은 부분을 포기하고 있다는 것을 느꼈기 때문에 거두절미하고 단도직입적으로 물었다.

"모용세가에서 배출한 역대 최강의 무인은 바로 노선배님이시고, 노선배님은 무려 정도 십걸의 일인이십니다. 모용상린 가주께서는 그조차 성에 차지 않으셨다는 겁니까?"

모용태세가 왜 이런 질문을 하는 것인지 바로 알아차린 표정으로 고개를 끄덕였다.

그는 쓰게 웃으며 대답했다.

"그렇다네. 그리고 그럴 수밖에 없네. 미안하지만 나와 우리 모용세가는 그간 세상을 기만했네. 노부의 절기로 알려진

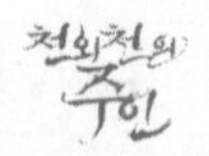

기환쌍절검(奇幻雙絕劍)은 모용세가의 비전이 아닐세. 내가 강호를 떠돌다가 우연찮게 만난 장백파(長白派)의 장백선인(長白仙人)이라는 어른께 전수받은 한초식의 검법일 뿐이네."

설무백은 못내 당황한 기색을 드러냈다.

이건 정말 그가 상상도 하지 못한 얘기였다.

백변귀선 모용태세의 독문검법인 기환쌍절검이 모용세가의 비전이 아니라 장백파의 절기라는 사실은 전생의 그조차 전혀 몰랐던 사연이었기 때문이다.

'모용상린이 그래서 더욱 욕심을 부렸던 건가?'

설무백은 그 자신 역시 어쩔 수 없는 무인으로서 내심 모용상린의 마음을 어느 정도 이해했다.

자신도 그와 같은 처지였다면 유혹을 뿌리치기 힘들지 않았을까 하는 생각도 들었다.

그는 애써 그런 내색을 삼가며 모용태세에게 두 번째 질문이자 마지막 질문을 던졌다.

"각설하고, 제가 모용사관의 부탁을 받고 여기 모용세가를 방문한 결정적인 이유는 몇 년 전부터 여기 남창부에서 실종되는 어린아이들의 숫자가 부쩍 늘어났다고 해서입니다. 혹시 그 사건이 모용세가의 변화와 관련이 있습니까?"

모용태세가 이제야 무언가 감이 온다는 식으로 눈빛을 빛내며 말했다.

"오호라, 이것 때문이었군. 다른 건 몰라도 아이들에 관한 문제라면 모용사관 그 녀석이 가문이고 뭐고 간에 얼마든지 나설 수 있지. 그쪽으로 아픔이 많은 녀석이니까. 그런데 자네도 그런가 보군그래."

설무백은 인상을 찌푸렸다.

"그건 제 질문에 대한 대답이 아닙니다. 지금 그렇다는 겁니까, 아니라는 겁니까?"

모용태세가 한숨을 내쉬며 어깨를 으쓱였다.

"그건 그렇다고도 볼 수 있고, 그렇지 않다고도 볼 수 있는 문제일세."

설무백은 정색했다.

"저는 지금 매우 진지합니다."

"나도 지금 진지하게 대답하는 걸세."

모용태세가 마찬가지로 정색하며 잘라 말했다.

"나도 가주에게 들은 얘기네만, 처음 얼마간 그런 사건이 있었다고 하네. 비급의 무공을 익힌 가솔들이 밖으로 나갔다가 아녀자를 희롱하고 아이들을 괴롭혔다고 하더군. 그리고 끝내 살인을 저지르는 일까지 벌어졌다고 하네."

설무백은 절로 안색이 차갑게 식었다.

눈빛 또한 그렇게 식어 버려서 한기가 흘러넘쳤다.

모용태세가 그 모습을 보더니 재빨리 손사래를 치며 말을 덧붙였다.

"오해 말게. 분명 그건 처음 한두 차례에 불과했다고 했네.

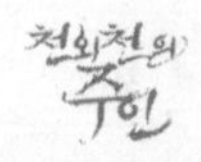

가주가 발 빠르게 대처를 해서 모든 가솔들의 외부 출입을 금지해서 더는 그런 사건이 벌어지지 않았네. 대신에 가내가 더욱 흉흉해지긴 했지만 말일세."

설무백은 절로 미간을 찌푸렸다.

모용태세는 거짓말을 하는 것 같지 않았다.

그렇다면 남창부에서 급격히 늘어난 어린아이들의 실종사건은 전적으로 다른 자들의 짓이라는 뜻인데, 묘하게도 사전에 그가 조사한 바에 따르면 남창부 인근에는 그럴 만한 조직이 하나도 없었다.

마음이 매우 무거워졌다.

이건 어쩌면 천사교의 무리가 여태 그가 알고 있는 것보다 더 깊고 은밀하게 세간에 파묻혀 있다는 뜻일지도 몰랐다.

그때 모용태세가 더 없이 심각해진 그의 태도를 보고 오해한 듯 단호하게 덧붙여 말했다.

"나도 이목이 있는 사람이라 자네가 작금의 강호 무림에서 어떤 평가를 받는 인물인지 정도는 잘 알고 있네! 하나, 정도십걸의 명예는 고작 소문에 불과한 명성에 주눅이 들어서 거짓을 나불댈 정도로 가볍지 않네!"

"누가 뭐래요?"

설무백은 대수롭지 않게 한마디 하고는 뚜벅뚜벅 자리를 옮겨서 나무 상자 속에 누워 있는 목내이 모습의 모용상린에게 다가갔다.

모용상린의 곁을 지키던 사람들이, 바로 직계가족들 중 일부로 보이는 십여 명의 사람들이 사뭇 사나운 표정으로 그의 앞을 막아섰다.

그러자 모용태세가 설무백이 나서기 전에 먼저 입을 열어서 나직하나 준엄한 목소리로 그들을 꾸짖었다.

"여태 무슨 얘기를 들은 게냐! 사람을 보는 눈이 없으면 눈치라도 있어야 할 것이 아니더냐!"

가족들은 결국 마지못한 표정으로 눈치를 보며 슬며시 옆으로 피해서 길을 내주었다.

설무백은 묵묵히 그들 사이를 걸어가서 모용상린의 곁으로 다가섰다.

몰랐는데, 모용상린은 혼절이나 잠든 것이 아니라 멀쩡히 깨어 있는 상태였다.

목내이처럼 돌돌 말린 얼굴의 붕대 사이로 빼꼼 뜨러난 그의 두 눈이 설무백을 바라보고 있었다.

설무백은 그런 모용상린의 시선을 마주하는 순간, 자신도 모르게 고개를 갸웃했다.

왠지 이유는 모르겠으나, 모용상린의 눈빛을 마주하자 알 수 있었다.

신기하게도 모용상린의 생각이 읽어졌다.

그는 혹시나 하며 물었다.

"나와 싸워 보고 싶다고?"

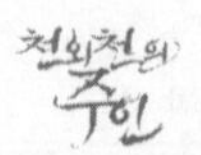

놀랍게도 시체와 다름없어 보이는 모용상린이 스르르 상체를 일으키며 고개를 끄덕였다.

설무백은 픽 하고 웃었다.

"사실 나도 그래."

번천翻天 (2)

왜인지는 모르지만 모용상린은 싸움을 청했고, 또 왜인지는 모르지만 설무백은 같은 마음으로 흔쾌히 승낙했다.

그리고 그건 오직 그들, 두 사람만이 알아들을 수 있었던 눈빛의 대화였다.

장내의 모두가 그야말로 자지러지게 놀랐다.

느닷없이 흘러나온 설무백의 엉뚱한 말은 차치하고, 목내이 모습의 모용상린이 스스로 자리에서 일어나서 나무 상자 밖으로 걸어 나왔기 때문이다.

모용상린은 주화입마에 빠진 이후, 지난 한달 보름 내내 손끝 하나 까딱하지 못한 채 누워만 있었다.

나무 상자 속의 약물은 모용세가가 실로 가세가 기울어지는 것을 감안하면서까지 구한한 오만가지 약재를 쥐어짜서 만든 진액으로, 모용상린은 그간 그 속에서만이 겨우 생명을 유지할 수 있었던 것이다.

"도, 도대체 이게 무슨……."

모용태세가 장내의 모두를 대신하듯 그들, 두 사람 사이로 나서고 있었다.

설무백은 슬쩍 손을 들어서 모용태세를 막으며 지금 자신이 알고 있는, 필설로 형용할 수 없는 제삼의 감각을 통해 느끼는 모용상린의 갑작스러운 행동에 대해서 가감 없이 솔직하게 말해 주었다.

"모용상린 가주는 여태 하루하루 뼈가 녹아내리는 것 같은 고통 속에서도 오직 가문을 위해서 참고 인내하며 버티고 있었습니다. 그런데 이제 더 이상 버틸 수가 없게 되었습니다. 죽음이 눈앞에 다가왔음을 느끼신 모양입니다."

모용태세의 준엄한 일침으로 인해 뒤로 물러난 사람들 중 하나가 나서며 언성을 높였다.

"그걸 대체 귀하가 어떻게 안다는 거지?"

설무백은 고개를 돌려서 상대를 확인했다.

명문가의 출신답게 훤칠한 신장에 흠잡을 것 하나 보이지 않는 중년의 미남자였다.

설무백은 대번에 상대 중년인의 정체를 알아보았다.

중년인의 얼굴은 그의 손에 죽은 진필 모용초와 매우 닮아

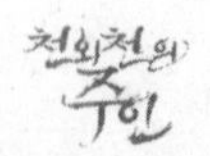

있었다. 그의 곁에 모용초의 동생인 모용자란이 서 있는 것도 중년인을 알아보는 데 도움이 되었다.

중년인은 바로 모용초와 모용자란의 아버지이며, 모용상린이 다섯 명의 처첩을 통해서 얻은 일곱 명의 아들과 아홉 명의 딸 중 차남으로, 차기 모용세가를 이끌 소가주인 모용지현이었다.

하지만 설무백은 상대가 모용지현임을 알아보자 감정이 좋지 않았다.

모용지현의 아들인 모용초를 죽였다는 죄책감 따위가 아니었다. 모용초는 죽어 마땅한 자였다.

다만 모용지현의 하룻밤 노리개가 되었다가 버려진 여자의 소생으로 화의 채의 노릇을 하며 살았던 융사의 얼굴이 떠올라서 속이 거북했다.

자연히 거친 말투가 나갔다.

"내 말을 믿지 못하겠으면 직접 확인해 보시던가?"

"흥!"

모용지현이 하라면 못할까보냐는 식으로 코웃음을 치며 약탕기와 다름없던 나무 상자를 벗어나서 우뚝 서 있는 모용상련에게 다가갔다.

그러나 모용지현은 미처 서너 발짝 다가서기도 전에 주르륵 뒤로 밀려나갔다.

모용상린의 전신에서 일어난 무언가 막강한 기운이 모용지현을 밀어 버린 것이다.

"아, 아버님……?"

모용지현이 크게 당황하며 다시 앞으로 나서려다가 이내 멈추며 털썩 주저앉았다.

목내이처럼 붕대로 친친 감긴 모용상린의 얼굴에서 유일하게 밖으로 드러난 두 눈이 그를 응시하며 험악한 빛을 발하고 있었기 때문이다.

비록 말은 안 하고 있지만 누가 봐도 모용지현의 참견에 분노하는 모습이었다.

설무백은 주저앉은 모용지현을 냉담하게 외면하고는 장내를 쓸어보며 물었다.

"누구 더 나설 사람?"

없었다.

다들 귀신에 홀린 듯이 넋을 놓은 채 서로서로 눈치만 보고 있었다.

설무백은 그제야 모용태세에게 시선을 주며 말했다.

"미리 말씀드리는데, 모용상린 가주께서는 저와의 비무 이후에 더는 살 수 없을 겁니다. 노선배님은 그 이유를 아시겠지요?"

과연 모용태세는 이제 알고 있었다.

지그시 어금니를 깨문 그가 고개를 끄덕이며 말했다.

"자네의 말을 듣고 나서 알게 되었네. 가주께서 꺼져 가는

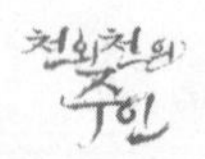

불꽃을 마지막으로 태우려는 것일 테지."

바로 회광반조(回光返照)를 의미하는 말이었다.

설무백은 가만히 고개를 끄덕이는 것을 모용태세의 말을 인정하며 말했다.

"그럼 이제 그만 자리를 비켜 주십시오."

모용태세가 단호하게 고개를 저으며 거절했다.

"자네의 뜻은 이해하나, 그럴 수는 없는 일이네. 우리 모두는 설령 크게 다치거나 죽는 한이 있더라도 가주의 죽음을 곁에서 지켜볼 것이네."

설무백은 슬쩍 장내를 둘러보았다.

모용태세의 말마따나 모두가 단호한 결의를 내비치는 눈빛으로 그를 바라보고 있었다.

설무백은 더 이상 말하지 않고 돌아서서 모용상린을 마주했다.

목내이와 같은 모습인 모용상린이 눈을 빛냈다. 광망과도 같은 혈광인데, 그 상태로 그가 손을 옆으로 뻗었다.

순간, 모용상린에겐 침상머리와도 같은 나무 상자의 위쪽에 세워져 있던 한 자루 협도(挾刀)가 절로 뽑히며 날아와서 그의 손으로 들어갔다.

모용상린이 그 협도로 설무백을 겨누었다.

우우웅-!

장내의 공기가 우렁우렁 울며 진동했다.

설무백은 두 손을 가만히 앞으로 내미는 태세를 갖추며 싱긋 웃었다.

"얼마든지 오셔도 좋습니다."

모용상린이 수중의 협도를 들어서 가슴 앞에 세웠다.

순간, 살기가 짙게 일어나며 협도의 칼날에 확 하고 불길이 일어났다.

불길처럼 이글거리는 도기(刀氣)의 현신이었다.

동시에!

"우아아악!"

괴성과도 같은 기합과 함께 모용상린의 칼이 움직였다.

서릿발 같은 기세가 설무백을 향해 뻗어 나오고 있었다.

설무백은 허깨비처럼 공중으로 두둥실 떠올라서 뒤로 물러났다.

바닥으로 내려서는 그의 손에는 이미 요술처럼 나타난 양날창이, 바로 흑린이 들려 있었다.

파악-!

모용상린의 칼날이 그 순간에 바닥을 파고들었다.

방금 전까지 설무백이 서 있던 바닥에 깊은 고랑이 패였다.

설무백은 순간적으로 달려들었다.

워낙 빠른 움직임으로 말미암아 그의 신형이 길게 늘어지는 것 같은 환상을 연출했고, 이내 바닥을 파고든 모용상린의 칼을 발로 밟은 모습으로 나타나 흑린의 서슬을 뻗어 내고 있

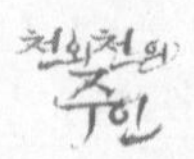

었다.

모용상린은 막지도, 피하지도 못했다.

콱-!

섬뜩한 소음이 터지며 피가 튀었다. 흑린의 서슬이 모용상린의 우측 어깨를 여지없이 관통하고 있었다.

모용상린은 신음을 흘리는 대신에 설무백이 발로 밟은 칼을 당겨서 뽑아내며 반격을 가했다.

자신의 어깨가 박살 나는 것을 무시한 반격이었다.

수직으로 쳐들리는 협도가 냉광을 서릿발처럼 뿌려 내며 허공을 맹렬하게 갈랐다.

어지간한 사람의 눈에는 단 한 동작으로 보일 테지만, 사실은 셀 수도 없이 무수한 칼 그림자를 만들어 설무백의 전신을 가둬 버리려는 듯한 공격이었다.

무수하게 뿌려진 칼 그림자가 검기로 이루어진 그물을 만들고 있었다.

거기 그물에 가두어진다면 설무백은 여지없이 참혹하게 천 갈래 만 갈래로 찢겨져 나갈 터였다.

그러나 그런 참혹한 일은 벌어지지 않았다.

설무백은 어느새 강기에 휩싸여서 불기둥처럼 일어난 수중의 흑린을 내려쳤다.

꽈광-!

뇌성벽력과도 같은 폭음이 터지며 모용상린이 만든 검기의 그물이 일거에 발기발기 찢겨져 나가며 폭풍을 불렀다.

모용태세를 비롯한 장내의 모든 사람이 가랑잎처럼 떠밀려 나가는 가운데, 사방의 벽이 뚫리거나 무너져 나가고, 천장이 크게 들썩였다.

설무백은 그 여파에 순응해서 높이 떠올랐고, 천장을 뚫으며 밖으로 나갔다.

"우……!"

모용상린이 괴성을 지르며 설무백이 구멍을 뚫어 놓은 천장을 박살 내고 나와서 공격을 가했다.

다시금 그의 손에서 휘둘러진 협도가 무수한 칼 그림자가 만들어 내면서 허공에 선 설무백을 갈기갈기 찢으려 들었다.

설무백은 허공에 우뚝 선 채로 수중의 흑린을 내려쳤다.

흑린에서 강기가 일어나고, 그 강기가 기둥처럼 굵게 늘어나며 천지를 뒤집어엎어 버릴 것처럼 가공할 위력이 발휘되었다.

파바바바박―!

모용상린이 만든 칼 그림자들을 추풍낙엽처럼 흩어져 날아가며 소멸되었다.

모용상린도 거기에 휩쓸리나 했는데, 그건 아니었다.

모용상린의 신형이 순간적으로 그 자리에서 희미하게 사라졌다.

원래 밖을 지키던 사람들과 어느새 밖으로 따라 나와서 지켜보던 사람들 중 어느 한 사람도 제대로 알아보지 못할 정도의 빠른 움직임, 고도의 신법이었다.

그리고 그 신법만큼이나 빠른 칼놀림이 뒤를 따랐다.

쐐액-!

그저 희끗거리는 것으로 밖에 안 보이는 모용상린의 모습이 사방을 오가는 와중에 허공에서 날카로운 칼바람 소리가 끊이지 않고 이어졌다.

앞서 모용상린이 만들어 낸 칼 그림자보다 배는 더 많은 칼 그림자가 공중을 가득 메우고 있었다.

마치 춘풍에 휘날리는 벚꽃처럼 혹은 한순간에 터져 버린 거대한 폭죽처럼 화려하고도 아름다운 모습이었다.

설무백은 마치 그 모습에 도취된 듯 허공에 가만히 서 있다가 한순간 수중의 흑린을 내던졌다.

흑린이 날아가며 모용상린이 허공에 뿌려 놓은 칼 그림자를 뚫고 길을 만들었다.

"타앗!"

설무백은 응축된 기합을 절로 내지르며 흑린이 만든 그 통로를 따라 내달렸다.

언제 어느 때 나타났는지 모르게 요술처럼 그의 손에 들린 백색의 검, 환검 백아가 들려 있었다.

깡-!

모용상린이 다급히 협도를 휘둘러서 눈 깜짝할 사이에 공간을 지우며 면전에 나타난 흑린을 내쳤다.

흑린이 튕겨 나갔다.

흑린의 만들어 준 통로를 내달리던 설무백이 튕겨지는 흑린을 한손으로 회수하며 다른 손의 백아를 휘둘렀다.

콰과과광—!

백아는 앞선 모용상린의 칼질과는 대조적으로 천천히 혹은 느긋하게 휘둘러져서 단지 허공을 베기만 했는데, 무형의 기운이라도 뿜어진 듯 주변의 칼 그림자들이 폭죽이 터져 나가며 연속으로 산산조각 나서 분분히 흩어져 나갔다.

그리고 다음 순간, 백아의 검극과 연장선에 있는 모용상린이 피를 토하며 지상으로 추락했다.

"커억!"

설무백은 번개처럼 움직여서 추락한 모용상린을 따라갔다. 공격이 아니라 도움을 주려는 것이었다.

그러나 모용상린은 그것을 오해한 듯 추락하는 와중에도 수중의 협도를 휘둘러서 다가가는 설무백의 목을 베려 했다.

설무백은 백아를 휘둘러서 모용상린이 휘두른 협도를 막았다.

그러자 모용상린이 다른 손을 내밀어서 설무백의 목을 움켜잡으려 했다.

붉게 이글거리는 강기로 휘감긴 손, 바로 수라혈수였다.

설무백은 실로 어지간한 무인은 쉽게 볼 수조차 없을 정도

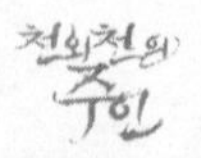

로 빠르게 쇄도하는 그 손을 정확히 볼 수 있었고, 그래서 어렵지 않게 손을 내밀어서 마주 잡았다.

무극신화강의 완성으로 인해 극강의 경지에 오른 무적의 손, 무극신화수였다.

빡-!

메마른 격돌음이 터지며 깨지고 조각난 수라혈수와 무극신화수의 강기가 사방으로 비산했다.

때를 같이해서 추락하던 모용상린과 그의 손을 마주잡은 설무백의 신형이 이름 모를 삼 층 전각의 지붕을 박살 내며 이 층과 일 층의 바닥을 뚫고 깊숙이 처박혔다.

설무백은 우연찮게 사람들의 시선에서 벗어난 그 순간, 정말이지 꿈에도 상상하지 못한 기사(奇事)를 경험하게 되었다.

놀랍다 못해 어이없게도 본의 아니게 모용상린의 손을 마주잡은 그의 손에 응집된 기력이, 바로 무극신화수가 거짓말처럼 치솟은 다른 기운에 밀려서 소멸되었다.

그것은 피처럼 붉은 칼날, 붉은 수정과도 같은 결정체인 천마검의 기운이었다.

그리고 그 기운이 모용상린의 손바닥을 뚫고 들어갔다.

아니, 분명 느낌은 그랬으나, 손을 관통해서 밖으로 튀어나오지는 않았다.

마치 천마검이 마주잡은 손을 통해서 모용상린의 체내를 파고든 것 같은 상황이었다.

그 순간, 바로 그와 같은 천하의 기사가 일어났다.

설무백은 자신도 모르게 모용상린의 내공을 빨아들이기 시작했다.

자신의 의지와 무관하게 전개되었기에 자신의 의지로도 멈출 수 없는 흡정흡기신공(吸精吸氣神功)의 발현이었다.

모용상린이 경악과 불신에 찬 눈빛으로 설무백을 바라보았으나, 그 역시 할 수 있는 것은 아무것도 없었다.

모용상린은 그렇듯 그냥 설무백의 시선을 마주한 채 서서히 꺼져 가는 숯불처럼 식어 가며 바싹 마른 장작처럼 바싹 말라서 껍데기만 남아 버렸다.

설무백은 절로 천마검이 발현되면서 모용상린의 체내로 침습해 진기를 흡수하기 시작하자, 본능적으로 거부하려 했다.

그러나 거부할 수 없었다.

모용상린의 진기를 빨아들이는 천마검의 권능 속에는 그의 의지가 조금도 담겨 있지 않았다.

높은 곳의 물이 낮은 곳으로 흐르듯이 막으려고 해도 막을 수가 없는 것이었다.

설무백은 어쩔 수 없이 모용상린의 몸속으로 침습한 천마검을 강제로 뽑으려 했다.

그러나 그마저 가능하지 않았다.

천마검이 이미 섬세한 수만 개의 실처럼 갈라지며 모용상린의 체내로 퍼져 나가서 임독양맥은 물론 사지백해를 장악한 상

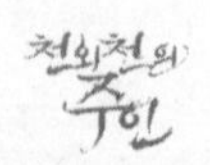

태였다.

만약 강제로 천마검을 잡아 뽑아 버린다면 모용상린의 육신은 대번에 천 갈래 만 갈래로 찢겨져 나갈 것이 자명했다.

그래서 설무백이 마지막으로 선택한 방법은 천마검의 권능에 순응하는 것이었다.

그 상태로, 그는 지금 자신이 처한 상태를 거듭 확인하고 새삼 점검했다.

그가 가진 과거 천마의 삼대 무공 중 하나인 천마불사심공은 무형의 진기를 유형화하고 단(丹)으로 보존할 수 있고, 불사무적(不死無敵)이라는 천마불사심공의 실체이며, 어쩌면 자신이 습득한 천마검이 그렇게 만들어진 천마의 혹은 역내 마교 중 누군가가 이룩한 내공의 정화일지도 모른다고 그는 생각하고 있었다.

또한 그로 인해 한 가지 추론도 가지고 있었다.

무형(無形)을 유형(有形)으로 바꾼다는 도가의 이상인 내단술을 구현한 것이 천마불사심공이라면 이를 통한 의도적인 진기 이전은 말할 것도 없고, 강제로 상대의 진기를 빼앗을 수 있는 전설의 흡성대법도 가능할 것이라는 사실이 바로 그것이었다.

그런데 이제 보니 그와 같은 그의 생각은 반은 맞았지만 반은 틀렸다.

아직 천마불사심공을 익히지 않은 그가 오직 천마검만으로 상대의 진기를 흡수하고 있었기 때문이다.

하지만 정작 제어할 수는 없었다.

왜?

어째서?

설무백은 짧은 순간 여러 가지 생각을 종합해 본 결과, 하나의 답을 도출해 낼 수 있었다.

어쩌면 천마불사심공과 천마검은 따로 떨어진 두 가지가 아니라 같이 공존하는 하나일지도 몰랐다.

내공의 정화인 천마검 속에 천마불사심공이 포함되어 있고, 천마불사심공만이 천마검을 통제할 수 있다면 모든 게 설명이 가능했다.

때문에 지금 그는 절로 발현된 천마검의 흡성대법을 제어하지 못하는 것이 당연했다.

그는 아직 천마검의 기운을 받아들이지 않았다.

지난 날 그는 내부로 침습한 천마검의 기운을 완강하게 차단해서 한손에만 머물게 하지 않았던가.

천마검은 그의 내공과 합일되어 있지 않았다.

그가 합일을 거부하며 차단해 놓았기 때문이다.

그게 지금 제멋대로 발동한 천마검이 그의 지배를 받지 않는 이유였다.

그리고 이내 그 생각이 정확하다는 방증을 그는 느낄 수 있었다.

천마검이 빨아들이는 모용상린의 진기가 그의 내공과 융합

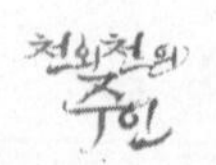

되지 않았다.

융합되기는커녕 전혀 느낄 수조차 없었다.

이는 흡수하는 사람과 흡수당하는 사람의 진기가 충분히 조화를 이루며 융합될 수 있는 성질이어야 한다는 흡성대법의 전제 조건과도 무관하게 모용상린의 진기가 전적으로 천마검에 흡수되고 있다는 뜻이었다.

'지금이라도……?'

설무백은 지금이라도 천마검의 기운과 자신의 내공을 융합해 보는 것이 어떨까 고민하기 시작했다.

변수가 많은 상황이라 위험부담이 크긴 하겠으나, 이대로 가만히 당할 수는 없었다.

그랬다.

이건 그가 당하는 것이었다.

지금 그가 이대로 흡성대법을 통제하지 못하면 본신의 진기를 모두 빼앗긴 모용상린은 그대로 죽을 수밖에 없고, 그건 그의 뜻이 절대 아니기 때문이다.

자신의 뜻이 아닌 상황을 무기력하게 그대로 묵과하고 받아들이기에는 그의 자존심이 용납할 수 없었다.

그러나 아쉽게도 그에게는 시간이 없었다.

이미 늦어 버린 것이다.

천 갈래 만 갈래로 갈라진 실처럼 모용상린의 사지백해로 뻗어 나가 있던 천마검의 기운이 어느새 빠르게 거두어지고 있었다.

천마검의 권능인 흡성대법은 그의 생각보다 더욱 막강해서 이미 모용상린의 진기를 모조리 다 빨아들여 버린 것이었다.

"아……!"

설무백은 절로 탄식하며 순간의 망설임이 초래한 모용상린의 모습을 안타까운 눈빛으로 바라보았다.

모용상린을 목내이처럼 만들어 버린 전신의 붕대가 헐렁하게 늘어져 있었다.

진기와 정기를 모조리 빼앗긴 모용상린의 전신은 바싹 마른 나뭇가지처럼 변해 버린 까닭인데, 그 바람에 드러난 그의 얼굴은 그야말로 껍질만 남은 앙상한 해골 그 자체였다.

그런 모용상린의 입가가 힘겹게 일그러졌다.

아마도 웃는 것일 텐데, 이내 목소리가 흘러나왔다.

"자네에게서 마기(魔氣)가 느껴졌어. 그런데 사관이 보냈다고 해서 사람 하나는 제대로 보는 그 녀석도 결국 속았구나 했지. 그런데 이제 보니 아닌 것 같군."

설무백은 무심하게 반문했다.

"제가 마도와는 좀 거리가 있죠. 아무려나, 그래서 저와 싸우자고 했던 겁니까? 죽이려고?"

"어차피 오늘이 아니면 내일 죽을 목숨이었네. 저승길 동무로 딱이라고 생각했지."

모용상린이 부정하지 않으며 반문했다.

"그러는 자네는 무슨 생각으로 내 제안을 수락한 건가?"

설무백은 있는 그대로 솔직하게 대답했다.

"저야 그냥 마공의 위력을 경험하고 싶었을 뿐입니다. 앞으로 내가 상대할 적의 무공이 어느 정도나 되는지 알아두면 좋잖아요."

모용상린의 입가가 일그러졌다.

역시나 웃음으로 느껴졌는데, 그 상태로 그가 말했다.

"그 말을 들으니 자네가 누군지도 모르면서 왠지 모르게 마음이 놓이는군."

설무백은 웃으며 고개를 저었다.

"제가 보기보다 바쁜 사람입니다. 모용세가를 도와줄 시간은 저에게 없습니다."

"젊은 사람이 눈치 하고는……."

모용상린이 짧은 한마디로 설무백의 짐작이 옳았음을 인정하며 재우쳐 말했다.

"그럼 그거 말고 이거 하나만 부탁함세. 자무(紫武)야, 이리 오너라."

모용상린의 시선은 설무백의 뒤쪽으로 향해 있었다.

설무백은 그런 모용상린의 시선을 따라서 뒤를 돌아보았다.

폐허처럼 폭삭 주저앉은 전각의 중심을 차지한 그들의 주변에는 공야무륵과 위지건 등은 물론, 모용태세를 비롯한 모용세가의 가족들이 이미 우르르 몰려와서 지켜보고 있었다.

그중 한 사내가 모용상린의 부름에 응해서 묵묵히 그들의 곁으로 다가와 섰다.

깡마른 체격에 장신, 길게 늘어트린 흑발을 뒷목에서 질끈 동여매고, 키만큼이나 긴 칼을 허리에 차고 있는 특이한 용모의 사내였다.

모용상린이 그 사내를 가리키며 말했다.

“우리 집안의 장손일세. 우리 집안을 도와 달라는 둥, 객쩍은 소리는 하지 않을 테니, 대신 이 아이를 자네가 거두어 주게. 보살펴 달라는 소리가 아니네. 그냥 데려가서 필요한 곳에 쓰라는 얘길세. 그래 주겠나?”

모용세가의 장손이라면 모용상린의 장남인 모용지운(慕容智雲)의 아들이라는 소리였다.

늘 지병으로 시름시름 앓던 모용지운은 일찍이 아들 하나만을 남긴 채 세상을 떠났다.

“음.”

설무백은 절로 침음을 흘렸다.

이게 뭔가 싶었다.

절대 그럴 리가 없을 텐데도 마치 누군가 만들어 놓은 수렁에 빠진 것 같은 기분이 들었다.

왠지 모르게 모용상린의 부탁을 선뜻 거절할 수가 없어서 더욱 그랬다.

하룻밤에 만리장성을 쌓는다고 했던가?

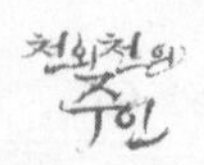

세상에는 십 년을 만나도 하루 만난 것보다 못하게 정이 들지 않는 사람이 있는 반면에 하루를 만났어도 십 년을 동고동락한 것처럼 가깝게 느껴지는 사람도 있는데, 모용상린은 후자의 경우였다.

잠시의 만남이었고, 그마저도 싸움에 불과했으나, 설무백은 모용상린의 태도와 기품, 성정이 마음에 들었다.

"죽도록 부릴 테니, 나중에 딴소리하지 마십시오."

설무백의 대답을 들은 모용상린이 기괴하게 보이는 예의 미소를 지으며 고개를 끄덕이고는 슬며시 모용자무(慕容紫武)에게 시선을 주었다.

"이 할아비의 눈을 믿지?"

모용자무는 원래 입이 무거워서 말이 없는 성격인지 그저 묵묵히 고개만 끄덕이고 있었다.

"그럼 됐다."

모용상린이 만족한 기색으로 고개를 끄덕였다. 그리고 눈을 감으며 숨을 거두었다.

"아버님!"

"할아버지!"

지켜보던 모용세가의 가솔들이 우르르 달려들어서 모용상린을 에워쌌다.

설무백은 조용히 일어나서 자리를 피해 주었다.

모용자무가 가솔들과 함께하지 않고 묵묵히 그를 따라왔다.

마찬가지로 모용상린의 죽음에 슬퍼하는 가솔들과 떨어져 서서 그런 모용자무를 지그시 바라보던 모용태세가 이내 한숨을 내쉬고는 설무백에게 시선을 주며 말했다.

"차기 가주가 될 장손을 난생처음 만난 외지인에게 붙여서 밖으로 내몰다니 참으로 알다가도 모를 사람이야. 하지만 그게 마지막 유언이니 나로서도 따르지 않을 도리가 없군그래. 부디 자무를 잘 부탁하네."

설무백은 가만히 고개를 끄덕이는 것으로 대답을 대신하며 돌아섰다.

이제 더 이상 그가 모용세가에 남아 있을 이유가 없었다.

그때 앙칼진 목소리 하나가 그의 발길을 잡았다.

"저도……! 저도 데려가 주세요!"

설무백은 슬쩍 돌아서서 목소리의 주인공을 바라보았다.

상대는 여자였고, 그것도 그와 전에 안면이 있던 여자였다.

바로 이제 모용세가의 가주가 될 모용지현의 딸이자, 그의 손에 죽은 모용초의 동생인 모용자란이었다.

그는 물었다.

"왜지?"

모용자란이 다부지게 대답했다.

"소녀는 다른 누구보다도 할아버님의 안목을 믿는 사람이에요. 할아버님이 자무 오라비를 대협에게 맡기셨다면 필시 그만한 이유가 있을 거예요. 그러니 저도 따라가겠어요. 여태

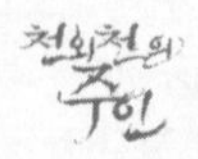

살면서 남에게 부족하다는 소리는 한 번도 듣지 않았으니, 대협께 도움을 드리면 드렸지, 절대 짐이 되지 않을 자신은 있습니다."

설무백은 냉정하게 쏘아붙였다.

"너무 이기적인 거 아냐?"

"예?"

모용자란이 당황했다.

설무백은 그에 아랑곳하지 않고 장내를 둘러보며 냉정하게 다시 다그쳤다.

"보다시피 지금 여기 이 모습이 그동안 강남에서 제법 잘나간다는 모용세가의 현실이야. 하물며 이제 가주마저 돌아가신 마당이라 다시금 예전의 가세를 일으키려면 도대체 얼마나 오랜 시간과 얼마나 많은 피땀이 필요한지 계산도 할 수 없다. 근데, 너는 할아버지의 안목을 믿는다는 핑계로 빠져나가서 혼자 잘 지내보겠다고?"

모용자란이 발끈했다.

"그런 게 아니에요! 나는 그저……!"

설무백은 더 듣지 않고 말을 잘랐다.

"아니면 뭐야?"

모용자란이 정말 분한 듯 도끼눈을 뜨며 시근덕거렸다.

"나는 그따위 다른 생각을 한 게 아니에요! 그냥 순수하게 할아버님의 유지를 받들겠다는 거예요! 누구는 할아버님의 지목을 받았다고 해서 무조건 좋은 평가를 받고 누구는 자발적으로 나섰다고 해서 그렇게 매도하는 것은 정말 옳지 않은 일이에요!"

설무백은 웃었다. 비웃음이었다.

"매도가 아니라 사실을 말하는 거다. 다른 사람은 전혀 생각하지 않고 혼자 자발적으로 나선 네 마음이 바로 이기적이라는 소리다. 봐라!"

그는 대뜸 곁에 서 있던 모용자무의 손목을 잡아채서 높이 쳐들었다.

놀랍게도 모용자무의 손에서는 핏물이 뚝뚝 떨어지고 있었다. 있는 힘껏 힘주어서 주먹을 쥐고 있는 까닭에 손톱이 손바닥을 파고들어간 것이다.

"얘는 이 정도로 나를 따라서 가기 싫어. 왜? 그냥 남아서 가문을 돕고 싶으니까. 그런데 말없이 그냥 나를 따르는 거다. 왜? 정말 싫지만 그게 자기를 믿어 준 할아버지의 유지니까. 어때? 너랑 얘랑 같으냐?"

모용자란이 모용자무의 손아귀에서 바닥으로 떨어지는 핏방울을 바라보며 할 말을 잊은 표정으로 굳어졌다.

그러나 그럼에도 불구하고 여전히 뭐가 그리 분하고 억울한지 통방울처럼 큰 두 눈에서 닭똥 같은 눈물을 뚝뚝 흘리고 있었다.

설무백은 그에 아랑곳하지 않고 그녀를 바라보며 매정하게 계속 말했다.

"할아버지의 안목을 믿는다고 하면서 할아버지의 유지를 무시하고 나선 것부터가 잘못됐다. 할아버지의 안목을 정말 믿는다면 무조건 존중해 드리고 그냥 따랐어야지, 오만불손도 유분수지 대체 이게 무슨 해괴한 방종이란 말이야!"

설무백은 상대가 여자, 그것도 어린 소녀임에도 불구하고 전에 없이 심하게 대하고 있었다.

나름의 배려였다.

모용자란이 오랜 시간 동안 함께 어울리면서도 모용초의 간악함을 조금도 간파하지 못한 것은 오직 자신만 아는 그녀의 안하무인(眼下無人)격인 성격 탓이라는 것이 그의 판단이었다.

오늘 헤어지면 언제 다시 볼 날이 있을지 모르는 마당이라 생각한 그는 내친김에 그녀의 교만한 성격을 엄하게 따져서 버릇을 고쳐 주려 했다.

"내게 도움을 주면 주었지, 절대 짐이 되지는 않을 자신이 있다고 네 입으로 말했지? 그렇게 해다오. 나를 따라올 생각 말고, 집안 어른들을 도와서 하루라도 빨리 기울어진 가세를 일으켜 세워라. 그게 네가 짐이 되지 않고 나를 돕는 거다!"

모용자란이 기어코 울음을 터트렸다.

봇물처럼 터지려는 울음을 참느라 입술을 깨물고 있었으나, 어쩔 수 없이 끅끅 하며 흘러나오는 울음을 그녀는 도저히 참지 못하고 있었다.

당연했다.

기실 그녀는 설무백을 알고 있었다.

정확히 말하면 기억하고 있었다.

오라비가 실종되던 날, 남경의 가가원에서 만난 사내였다.

기라성 같은 흑도의 후기지수인 귀수공자 담각의 면전에서, 아니, 그보다 더 무시무시한 적포구마성의 둘째 혈전귀조 소사 앞에서 조금도 주눅 들지 않고 뻔뻔스럽게 굴던 사내라 잊을 수 없었다.

그녀는 그래서 주제 넘는다는 것을 알면서도 나선 것이었다.

그날의 사건 이후 그녀의 생활은 엉망이 되어 버렸다.

실종된 오라비는 얼마 지나지 않아 홍등가의 시궁창에서 변사체로 발견되었고, 그 일로 인해 그녀는 가내에서 천덕꾸러기로 전락했으며 가택 구금을 비롯한 여러 가지 제약을 받았다. 그리고 그렇게나 친하게 지내던 남궁수화는 이제 노골적으로 그녀를 피하며 연락조차 하지 않고 있었다.

그래서였다.

이유도 모르게 본능적으로 당시의 사건과 얽혀 있는 설무백에 대해서 알아보고 싶은 마음이 들었다.

마음이나마 그날로 돌아가서 여전히 미궁에 빠져 있는 오라비의 죽음을 파헤치고 밝혀내서 본래의 그녀 자신으로 돌아가고 싶었다.

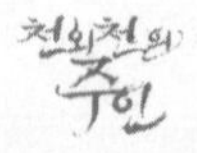

그런데 이게 대체 뭔가?

모용자란은 평생을 살면서 이처럼 매몰찬 홀대와 추상같은 질타를 들은 것은 정말 처음이었다.

그녀는 도대체 자신이 얼마나 잘못을 했기에 이런 구박을 받아야 하는 것인지 이해할 수 없었고, 그래서 더욱 분하고 억울해 서러워서 아무리 참으려고 해도 눈물이 절로 나오고 있었다.

그러나 정작 상대는, 바로 설무백은 그런 그녀의 마음과 무관하게 어디까지나 냉정하고 싸늘했다.

설무백은 그녀가 울거나 말거나 아무렇지도 않게 찬바람을 일으키며 돌아서서 모용세가를 벗어났다.

그리고 그제야 그녀는 세상이 뒤집어지고 있음을 알게 되었다.

"북련의 맹주인 팽마도 팽의정이 암습을 당했습니다! 상대가 누군지는 밝혀지지 않았지만, 그의 손자인 귀명도 팽대호와 북련의 군사인 신기서생 송백, 그리고 다수의 친위대로 변장해서 그를 암습했고, 그 자리에서 동석했던 아들 풍뇌도 팽무종이 사망했다고 합니다!"

"그뿐 아니라, 지금 여기저기서 들려오는 소식이 아주 엄청

납니다! 소림사의 장문 방장 현정 대사(賢正大士)와 무당파의 장문인 자허진인, 화산파의 장문인 정인진인 등도 피습을 당했다고 하고, 다수의 무림 방파들의 존장들 역시 피습을 당했다는 소문입니다! 아직 정확한 생사는 알 수 없으나, 강남북을 막론하고 다수의 존장들과 측근들이 사망하거나 크게 다쳤다는 소문이 파다해서 지금 중원 무림 전체가 아주 난리도 아닙니다!"

설무백 등이 모용세가를 등지고 남창부의 성내로 향하는 도중이었다.

흑영과 함께 성내로 들어가는 길목에서 마주친 사도와 사사무의 보고는 가히 충격이었다.

사실이라면 그야말로 강호 무림이 하루아침에 뒤집어진 격이었다.

설무백은 냉정하게 사태를 점검했다.

"주로 북련 진영이군. 게다가 강북의 수장이 피습을 당했는데, 강남의 수장은 아무 일 없이 멀쩡하다면 답이 너무 뻔한 것 아닌가?"

사사무가 대답했다.

"구대 문파에 대한 소문이 커서 그렇게 느껴지는 걸 겁니다. 아무래도 강호의 눈은 구대 문파 쪽에 쏠려 있는데, 그들 대부분이 북련에 속해 있으니까요."

"남맹의 짓이 아니라고 생각하는 건가?"

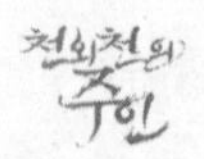

"속단하긴 어려우나, 그런 것 같습니다. 남맹에 속한 방파들도 무수히 당했다는 얘기도 있으니까요."

"남맹의 누구?"

"그건 아직……! 사실 우리가 지금 강남에 있는 관계로 오히려 남맹에 관한 소식을 접하기가 어렵습니다. 강북은 강 건너지만 강남은 바로 곁에 있으니, 아무리 입바른 소리를 잘하는 놈들도 눈치를 보느라 쉬쉬하지 않겠습니까."

과연 일리가 있었다.

설무백은 묵묵히 고개를 끄덕이다가 문득 다른 생각이 들어서 눈을 빛내며 혼잣말로 중얼거렸다.

"아니면 이미 그들 편이었거나, 아니면 완벽하게 당해 버린 것이거나……."

사사무가 예리하게 듣고 물었다.

"주군께서는 이번 일을 남북대전과 전혀 무관한 제삼자의 개입으로 보시는 겁니까?"

설무백은 픽 웃으며 역으로 물었다.

"아닌 것 같아?"

"아닌 게 아니라 저도 그렇게 보여서 드리는 말씀입니다."

사사무가 즉시 대답하고는 잠시 뜸을 들이다가 재우쳐 말문을 열었다.

"내친김에 말씀드립니다만, 사실 저는 주군께서 사부님을 만나러 무당산에 왔을 때부터 이런 생각을 하고 있었습니다.

주군께선 제가 보는 것과는 전혀 다른 세상을 보고 있는 것 같다는 느낌이 들어서 말입니다. 혹시 이번 일이 그런 겁니까?"

설무백은 이채로운 눈길로 사사무를 보았다.

"놀라운데?"

수긍이고, 긍정이었다.

사실 설무백은 그간 사사무 앞에서는 예지력이니 뭐니 하며 다른 측근들에게 풀어놓았던 미래의 이야기를 좀처럼 하지 않았다.

시간적으로 그럴 여유도 없었지만, 의도적으로 그런 측면도 없지 않아 있었다.

사사무가 그에게 승복한 것은 사실이나, 아직 그들의 사이에는 보이지 않는 선이 존재한다는 것이 그의 생각이었다.

그런데 의외였다.

아니, 정확히는 그의 생각보다 사사무가 더 뛰어난 것인지도 모른다.

사사무는 이미 그의 행동과 작금의 강호 무림이 무언가 정상적이지 않다는 것을 느끼고 있었던 것이다.

그의 대답을 들은 사사무가 반색했다.

"과연 그랬군요. 혹시나 그게 아니면 어쩌나 혼자서 걱정 많이 했습니다."

설무백은 절로 의문이 들었다.

"무슨 걱정을 혼자서 했다는 거야?"

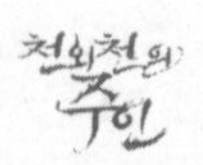

사사무가 잠시 숙고하는 기색을 보이고 나서 말했다.
"저는 얼마든지 무당을 버릴 수 있지만 사부님께서는 절대 무당을 버릴 수 없습니다. 그분은 죽으나 사나 무당의 제자십니다. 해서, 걱정했습니다. 이번 사태를 아신다면 물불 가리지 않고 무당산으로 달려가실 테니까요."
설무백은 절로 고개를 갸웃했다.
"그런데 이제는 아니다?"
사사무가 웃는 낯으로 대답했다.
"예, 아닐 겁니다."
"어째서?"
"제가 아는 거라면 사부님도 이미 아신다는 얘기고, 그럼 사부님은 섣불리 나서지 않고 참으실 겁니다. 벌써부터 모든 사태를 예견하고 계실 것으로 보이는 주군의 의견부터 먼저 들어 보려 하실 테니까요."
설무백은 피식 웃었다.
"꽤나 사부를 아끼는 제자네?"
사사무가 그런 쪽의 얘기는 멋쩍은지 은근슬쩍 설무백을 외면하며 딴청을 부렸다.
그때 사도가 문득 하늘로 손을 뻗었다.
"저기……!"
설무백 등 모두가 동시에 고개를 쳐들고 하늘을 보았다.
짙게 깔린 뭉게구름 아래서 맹금 한 마리가 선회하고 있었다. 특이하게도 금빛 맹금이었다.

사사무가 그걸 보더니 재빨리 검지와 중지를 입에 대고 불어서 날카로운 휘파람 소리를 냈다.

휘익-!

하늘에서 선회하던 금빛 맹금이 휘파람소리에 반응해서 날개를 접으며 급강하하더니, 한순간 날개를 활짝 펴서 속도를 줄이며 사사무가 내민 팔뚝에 사뿐히 내려앉았다.

설무백을 비롯한 장내의 모두가 그제야 알아보았다.

사사무의 팔뚝에 내려앉은 맹금은 금빛 깃털을 지닌 매, 바로 금응(金鷹)이었다.

매 사냥을 하는 사람이면 천금을 주고서라도 가지고 싶어 하는 영물(靈物)인 이 금응은 풍잔에서 특명을 받고 외부로 나간 사람들과 소통하기 위해서 한 마리씩 달려 보내는 일종의 전서구였다.

"예정대로 무사히 도착해서 주변 탐색에 들어갔음을 알리려고 날려 보냈습니다. 다시 볼 일은 없을 줄 알았는데, 돌아왔네요."

사사무는 서둘러 능숙하게 금응의 발목에 묶인 작은 전통(傳筒)을 풀었다.

전통을 열자 단단하게 돌돌 말린 전서(傳書)가 하나 나왔다.

사사무는 그 전서를 설무백에게 건네며 말했다.

"저희들에게 보내는 게 아닐 겁니다."

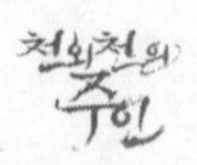

설무백도 같은 생각이라 사사무가 건네는 전서를 주저 없이 받아서 펼쳐 보았다.

전서는 풍잔의 제갈명이 보낸 대지급(大至急 : 매우 급한 전갈)이었다.

그리고 아니나 다를까 예상대로 전서의 내용은 사사무에게 보내진 것이 아니었다.

정확히는 사사무에게 보내진 것이긴 하지만, 설무백에게 전하라는 내용이었다.

풍사와 천타 등이 섬서성 한중 일대에서 암약하던 마적단 용화당을 소탕하고, 도망친 용화당의 수괴 용화신도 이적필을 추적하다가 우연찮게 살수들의 공격을 받고 궁지에 몰려 있던 북련의 맹주인 팽마도 팽의정을 만나서 구해 주었다는 사실을 어서 속히 설무백에게 전해 주라는 것이 바로 전서의 내용이었던 것이다.

설무백은 가볍게 고개를 끄덕이며 내용을 확인한 전서를 공야무륵 등 모두에게 돌렸다.

"강북에서 들려온 소식은 거의 다 사실인 것 같군."

전서의 내용을 확인한 사사무가 사뭇 심각해진 표정으로 입맛을 다셨다.

"사실이 그렇다니 조용한 남맹의 상황이 더욱 의심스럽습니다. 어떻게 할까요? 제게 시간을 주시면……!"

설무백은 대뜸 손을 들어서 사사무의 말을 잘랐다.

다른 의견이 있어서가 아니라 생각할 시간이 필요했다.

그럴 수밖에 없는 것이, 작금의 사태는 그에게 정말이지 엄청난 충격을 동반하는 대사건이었다.

강호 무림의 판도가 그의 생각과 달리, 정확히는 그가 기억하는 전생의 상황과 다르게 돌아가고 있기 때문이다.

전생에도 지금과 같은 일이 벌어지긴 했었다.

그러나 지금은 아니었다.

시기적으로 너무 빨랐다.

전생에서 지금과 같은 사태가 벌어지는 것은 지지부진하던 남북대전의 말기쯤으로, 작금의 황제가 죽은 이후, 즉 의문태자 주표의 아들인 현 황태자 주윤문이 제위에 오른 다음이었다.

그때부터 황궁은 물론, 강호 무림은 한치 앞도 내다볼 수 없이 어지러워지는 상황이 되고, 그 와중에 남북 무림의 맹주들과 중원 각대 문파의 존장들이 대거 암살당하며 북련과 남맹이 해체되는 수순을 밟았다.

그리고 얼마 지나지 않아서 암천의 그림자들이 판을 치는 환란의 시대가 도래하는 것이다.

대략적으로 시간을 따져 봐도 오 년 후에나 벌어질 사태가 지금 벌어진 셈이었다.

게다가 지금 달라진 상황은 시간만이 아니었다.

지금 그의 기억이 분명하다면 전생에 그와 같은 사태가 벌어졌을 당시, 남북대전을 이끌던 남북의 맹주 중 살아남은 사람은 없었다.

각대 문파의 존장들 중에는 자객에게 당하지 않고 혹은 피습을 벗어나서 생존한 사람이 있었지만, 남북의 맹주는 틀림없이 두 사람 다 사망했었다.

그런데 지금은 그마저 달랐다.

북련의 맹주인 팽마도 팽의정이 누군가의 피습에서 살아남았다고 하질 않았는가.

'하필이면 풍사와 천타의 도움으로 살아남았다 이거지?'

이건 참으로 공교로운 일이 아닐 수 없었다.

풍사와 천타는 설무백 그 자신이 전생의 기억을 고스란히 가지고 환생했기에 지금 자리에 있을 수 있는 사람들이었다.

결국 시간적인 변화는 무엇에 기인하는 것인지 몰라도 그에 따른 상황의 변화는 그가 주도한 것과 다르지 않다는 뜻이었다.

지금의 그가 없다면 풍사와 천타도 그때 그 자리에 없었을 것이기 때문이다.

'이건 결국 시간이 변화 역시 나로 인해 벌어진 것일 수도 있다는 뜻이다!'

모르긴 해도, 그럴 가능성이 매우 높았다.

여태 그의 참견으로 인해 조금씩 변화된 역사의 흐름이 결국 작금의 사태를 부른 것인지도 몰랐다.

'진정 그렇다면……?'

설무백의 생각은 더욱 복잡해지고, 더더욱 깊어졌다.

역사의 흐름이 앞당겨짐으로 해서 일어난, 혹은 일어날 각종 변수를 따져 봐야 지금의 그가 가장 먼저 해야 하는 것이 무엇인지가 드러날 터였다.

우선 남북의 맹주와 중원 각대 문파의 존장들이 암살당한 직후의 강호 무림은 급격히 약육강식이 난무하는 무법지대로 변화하기 시작했다.

당시에는 관부조차 제대로 된 힘을 쓸 수가 없어서 더욱 그랬다.

당시의 관부는 남경 응천부와 북평왕부로 갈라진 황실의 치열한 정권 다툼에 휘말려서 이리저리 눈치 보는 데 바빠서 제대로 운용되지 못했다.

어떤 지역의 포도아문은 연이은 마적단의 습격을 견디지 못하고 아예 비워진 경우도 있었을 정도이니 그에 대해서는 두말할 나위도 없었다.

그런 시기가 반년에서 일 년 사이, 그다음이 흑선궁과 쾌활림 등 몇몇 거대 흑도가 활개 치는 가운데, 해체했던 북련과 남맹의 요인들과 태산북두 소림과 무당, 그리고 하나로 통일된 개방이 손을 잡고 창설한 무림맹(武林盟)이 등장하는 시기였다.

또한 그 시기는 바로 암천의 그림자들이 모습을 드러내는 시기와 맞물려 있었다.

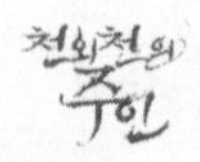

남경 응천부와 북평왕부로 갈라진 황궁의 싸움은 옥문관과 산해관 등, 변방의 관문을 넘나들며 갖은 패악을 부리는 이족 오랑캐들로 인해 더욱 피폐해져서 강호 무림의 문제에는 시선조차 줄 수 없는 지경에 이른 때였다.

바야흐로 그때가 바로 그가 기억하는 암흑 천지, 환란의 시대의 시작인 것이다.

그러나 이젠 역사가 그 흐름대로 흘러가지 않을 것이다.

풍사와 천타가 북련의 맹주를 살림으로 해서 역사의 흐름이 새로운 국면으로 전환될 수밖에 없었다.

그래서였다.

지금 이 순간 설무백이 가장 신경 쓰이는 것은 황궁이었다.

전생에서 이런 사태가 벌어지는 것은 황제가 죽은 다음이었기 때문이다.

하지만 설무백은 누가 뭐래도 어쩔 수 없는 무림인이었다. 황궁보다는 무림의 문제가 우선이었다.

'더 이상 전생의 기억에만 의지할 수 없다. 이제 전생과 달라지거나 변형된 상황은 어떻게든 임기응변으로 대처해야 한다. 결국 상대가 오 년가량을 앞서 나간다면 나 역시 그렇게 따라가야 한다는 소리다!'

설무백은 마음을 다잡고 결정하며 자신이 기억하는 전생의 역사를 머릿속에 나열했다.

그리고 그 속에서 지금의 상황과 가장 가까운 역사의 순간을 찾아서 자신이 우선적으로 해야 할 일을 찾아냈다.

"사사무와 사도는 모용자무를 데리고 지금 즉시 먼저 돌아가서 풍잔을 지원해라! 그리고 모두에게 전해라! 이제부터 필요하다면 더 이상 살수를 망설이지 말라고!"

지원이라는 말과 살수를 망설이지 말라는 명령은 작금의 사태로 인해 용담호굴과도 같은 풍잔도 위험해질 수 있다는 의미를 내포하고 있었다.

사사무와 사도가 대번에 그 의미를 파악한 듯 두말없이 고개를 숙이는 것으로 수긍하는 와중에 물었다.

"하면, 주군께서는……?"

설무백은 짧게 대답했다.

"소림사로 간다!"

번천翻天 (3)

설무백이 소림사로 가는 이유는 당연하게도 무림맹의 창설을 앞당기기 위해서였다.

과거 아니, 전생에서 무림맹의 창설을 주도한 것이 바로 소림사인 까닭이었다.

사사무와 사도를 굳이 먼저 풍잔으로 돌려보낸 이유도 거기에 있었다.

다음 행선지가 소림사였기 때문이다.

사사무는 소림사와 어깨를 나란히 하는 무당파가 드러낼 수 없는 내밀한 구석, 일종의 치부였고, 사도는 태생이 살인을 업으로 삼던 살수였다.

결국 설무백의 결정은 그들을 위한 배려였던 것이다.

설무백은 그들을 감추고 싶다는 생각을 추호도 하지 않았지만, 그렇다고 그들을 곤란하게 만들고 싶은 마음도 전혀 없었다.

모르긴 해도, 그들도 그런 그의 마음을 익히 잘 알기에 두말없이 수긍하며 물러났을 터였다.

혼란의 와중에도 그렇듯 세심한 결정을 내려서 사사무 등을 풍잔으로 보낸 설무백은 그 즉시 발길을 재촉해서 나흘 만에 무림의 태산북두라는 소림사가 웅거한 하남성의 숭산(嵩山)을 마주할 수 있었다.

숭산은 달리 숭고(嵩高)라고도 불리며 대륙의 다섯 기둥이라는 오악(五岳)의 하나인 중악(中岳)으로 꼽히는 명산이고, 특히 하늘을 우러러 우뚝 서 있는 세 개의 봉우리가 유명하다.

숭산의 정면에서 바라보면 유독 웅장한 이 세 개의 봉우리는 동쪽의 봉우리가 태실봉(太室峰), 가운데 봉우리가 준극봉(峻極峰), 서쪽의 봉우리가 소실봉(小室峰)으로 불리는데, 소림사는 바로 그중 소실봉의 북쪽 기슭에 자리 잡고 있었다.

거기 소실봉의 북쪽 기슭으로 들어서서 소위 사찰의 영내를 경계 짓는 산문(山門) 중 첫 번째인 일주문(一柱門)을 마주했을 때였다.

설무백은 소림사의 상황이 예상보다 더 심각하다는 것을 느낄 수 있었다.

예고도 없이 모습을 드러내서 일주문을 막아선 장수 편삼(長

袖偏衫)에 자색(紫色) 가사(袈裟)를 걸친 중년의 승려 하나와 저마다 허리에는 삭도(削刀)를 차고, 손에는 봉(棒)을 든 채 뒤에 시립한 단수 편삼(短袖偏衫)에 토황색(土黃色) 괘의(掛衣) 위로 황색(黃色) 가사를 덧걸쳐서 양 팔목에서 어깨까지 이어지며 꿈틀거리듯 생생한 용 문신(龍文身)의 청년 승들, 소위 소림의 무승인 나한(羅漢)들의 눈초리는 그가 절로 그런 생각을 할 수밖에 없을 정도로 싸늘했다.

찾아오는 사람을 보살(菩薩)이라 부를 정도로 만인에게 열려 있다는 사찰의 승려들이 처음 보는 그들을 객이 아니라 적이라도 되는 것처럼 대하고 있었던 것이다.

'현정 대사는 죽었군!'

현 소림사의 장문 방장인 현정 대사는 죽었다.

상황이 그렇지 않다면 아무런 예고도 없이 일주문에서부터 자신의 앞을 막아선 소림승들의 태도가 전혀 설명되지 않았기 때문이다.

그때 장수 편삼에 자색 가사를 걸친 중년 승이 소림사 특유의 한손 합장을 해 보이며 말했다.

"빈승은 소림의 나한당(羅漢堂)을 책임지고 있는 강유(剛流)라고 하오. 무슨 연유로 본사를 방문했는지는 모르겠으나, 지금은 본사에 우환이 있어서 당분간 향객을 받지 못하니, 시주께서는 여기서 그만 발길을 돌려 주시길 바라오."

설무백은 내심 역시나 하며 이채로운 눈빛으로 중년 승 강유를 바라보았다.

소림사의 승려들은 전통적으로 반야경전(般若經典)의 중심사상을 수백 년에 걸쳐서 이백칠십자로 함축시켜 서술한 마하반야바라밀다심경(摩訶般若波羅蜜多心經)에서, 일명 반야심경(般若心經)에서 자신들이 추구하는 예법에 따라 추려 낸 '천지명백(天地明白), 홍다굉대(泓多宏大), 현강정각(賢剛正覺)'라는 열두 글자를 순차적으로 법호(法號) 속에 넣어서 항렬을 삼고 있었다.

기실 이런 식으로 자파의 특정 교리나 문집의 글자에 따라 항렬을 정하는 것은 도가인 무당파나 화산파도 예로부터 채택하고 있는 방법으로, 항렬의 글자를 보면 정식 제자임을 확인할 수 있음은 물론, 몇 대의 제자인지도 알 수 있게 되는 것이다.

그와 같은 전통의 항렬에 따라 당금 소림사의 장문 방장인 현정 대사를 비롯해서 대다수의 장로들이 현(賢)자배였고, 달마원(達摩院), 반야당(般若堂), 장경각(藏經閣)과 나한당 등 소림의 중요 직책을 맡은 승려들이 바로 그 아래 항렬인 강(剛)자배로, 소림의 일대 제자들이었다.

즉, 지금 산문의 첫 번째인 일주문까지 나와서 설무백의 앞을 막으며 하산을 종용하는 중년 승, 강유는 무려 소림에서 중요 직책까지 맡은 일대 제자인 것이다.

의외의 거물이었고, 지금 소림의 상황이 얼마나 엄중한지를 대변하는 또 하나의 모습이었다.

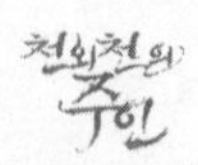

설무백은 그래서 더욱 포기할 생각을 하지 못하고 정중한 포권지례(抱拳之禮)를 취했다.

"본인은 설 아무개라는 사람으로, 여기 계신 굉우 대사님을 뵙고 몇 가지 의논드릴 일이 있어서 이렇게 찾아왔습니다. 부디 내치지 말고 자리를 마련해 주시기 바랍니다."

강유가 단호하게 일축했다.

"미안하오, 시주. 무슨 사정인지는 모르겠으나, 실로 본사의 우환이 작지 않아 그리 도와줄 수는 없겠소이다. 부디 양해하고 돌아가 주시면 고맙겠소."

설무백은 더 이상의 거절은 용납할 수 없다는 듯 냉정한 눈초리로 강유를 쏘아보며 말했다.

"작금에 이르러 우환이 있는 것은 여기 소림사만이 아니며, 본인의 일 또한 그와 깊게 관계되어 있으니, 부디 굉우 대사님과의 자리를 마련해 주시오."

강유가 관심이 드러난 이채로운 눈빛을 보이면서도 입으로는 사납게 거절했다.

"다시 말씀드리지만, 그럴 수 없소. 그만 돌아가 주시오. 경고하는데, 더 이상 버틴다면 패악을 부리는 것으로 간주하고 엄히 다스리겠소."

설무백은 정말 피곤하다는 듯이 한숨을 내쉬며 말했다.

"하여간 어디나 다 같네. 예의를 갖추고 좋은 말로 하면 꼭 이렇게 무시한다니까."

강유가 눈을 크게 떴다.

"뭐라?"

설무백은 상관하지 않고 야멸치게 명령했다.

"길 열어! 서둘러야 애꿎은 스님들까지 몰려들어서 다치는 일이 없을 테니, 조금 심하게 손을 써도 좋다! 천하제일이라는 소림의 외가기공(外家氣功)을 익힌 스님들이 설마 죽지는 않겠지!"

"뭐, 뭣이라?"

강유가 크게 당황하고, 마찬가지로 크게 당황한 나한들이 수중의 봉을 내리며 태세를 갖추는 사이, 공야무륵과 위지건이 지체 없이 장력을 날리며 앞으로 튀어나갔다.

강유가 반사적으로 쌍장을 내질렀다.

퍼펑-!

가죽 북이 터져 나가는 듯한 폭음이 터지며 강유의 신형이 주르륵 밀려 나갔다.

이쪽에는 쇄도하던 위지건이 상체를 휘청거리며 뒷걸음질 쳤다.

그들 두 사람의 장력이 격돌했던 것이다.

공야무륵의 장력은 비스듬한 비탈길인 맨바닥을 때리는 바람에 소리가 죽어 거기 운집해 있던 나한들이 좌우로 흩어져서 공야무륵의 장력을 피했던 것이다.

그다음에는 나한들의 반격이었다.

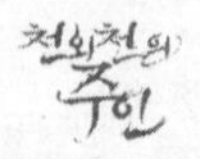

좌우로 흩어진 나한들이 쇄도해 간 공야무륵을 일사불란하게 에워싸며 봉을 겨누고 있었다.

설무백은 그런 장내의 대치에 아랑곳하지 않고 발걸음을 옮겨서 일주문을 지나며 산을 오르기 시작했다.

강유를 위시한 나한들 모두가 설무백의 움직임을 바라보고 있었으나, 나설 수 없었다.

설무백에 앞서 지금 대치하고 있는 적들도, 바로 공야무륵 등도 절대 쉬운 상태가 아님을 느꼈기 때문이다.

공야무륵과 위지건의 기도는 누가 봐도 초절정을 넘보는 고수들이었고, 강유와 나한들은 그 정도는 능히 간파할 수 있는 무인이었던 것이다.

그때 위지건을 에워싼 나한들 중 하나가 하늘로 무언가를 던졌다. 붉은 천을 매단 비수였다.

그게 신호인 모양이었다.

거의 동시에 요란한 경종(警鐘) 소리가 산하에 울려 퍼졌다.

"사람 참 힘들게 하네."

설무백은 못내 투덜거리며 발걸음을 재촉했다.

그리 빨리 움직이는 것 같지 않은 그의 발걸음 아래 울퉁불퉁한 비탈길과 주변의 수풀이 길게 늘어지며 빠르게 뒤로 사라졌다.

딱히 신법을 펼치는 것이 아니라 그저 주변을 살피며 발걸음을 빨리한 것에 불과한데도 지금 그의 신형은 절정의 고수가 전력을 다해서 신법을 전개한 것처럼 빠르게 이동하고 있었다.

그러나 누가 뭐래도 지금 여기 이곳은 무림의 태산북두 소림사의 영내였다.

한순간 좌우에서 나타난 일단의 나한들이 소림곤을 앞세우며 그의 앞을 막아섰다.

"멈춰라!"

설무백은 멈추지 않았다.

대신 그의 곁인 허공에서 검은 그림자 하나가 튀어 나가서 나한들을 마주했다.

흑영이었다.

채챙-!

흑영과 일단의 나한들이 한 대 뒤엉켰다.

설무백은 그사이 두둥실 떠올라서 그들을 발밑으로 흘려보내고 나서 지상으로 내려왔다.

흑영과 나한들이 격돌하는 지점을 벌써 이십여 장이나 지난 지점이었다.

그러나 거기도 이미 일단의 나한들이 포진하고 있었다.

"타앗!"

묵직한 기합이 들리며 십여 명의 나한들이 떨어져 내리는 설무백을 향해 일제히 수중의 봉을 쳐들었다.

설무백이 그대로 떨어져 내린다면 여지없이 나한들의 봉에

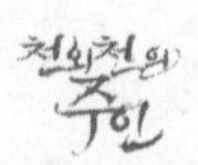

뒤엉켜서 그물에 갇힌 참새 꼴을 면치 못할 터였다.

그러나 설무백은 그대로 떨어지지 않았다.

마땅히 발을 디딜 것이 하나도 없는 허공에서 설무백은 마치 새처럼 다시 날아올랐다.

이번에야 말로 신법을 전개한 것이다.

극상의 경지에 오른 야무영의 일수였다.

다만 지금 그가 펼친 야무영은 야신 매요광의 야무영과 또 달랐다.

속도와 변화라는 측면에서 월등히 앞서고 있었다.

그는 야무영을 펼쳤겠지만, 그 속에는 그간 그가 습득한 각종 경신술의 모용이 녹아들어 있었기 때문이다.

생각하는 대로 몸을 움직이는 경지를 넘어서서 생각이 이르면 몸이 벌써 따르고 있는 경지에 접어든 그는 이제 그 어떤 신법을 펼쳐도 그 상황에 가장 적합한, 그야말로 최적화된 신법이 펼쳐졌다.

"잡아라!"

설무백을 놓친 나한들이 뒤를 따르며 소리쳤다.

순간 백색의 그림자가 설무백에게서 떨어져 나가서 그들, 나한들의 앞을 막아섰다.

백영이었다.

때를 같이해서 암중의 혈영이 말했다.

"저들은 제가……!"

혈영이 암중에서 모습을 드러내며 설무백의 머리를 타고 넘어서 앞으로 쏘아졌다.

설무백이 내달리는 전면에 어느새 수십 명의 나한들이 나타나 있었던 것이다.

설무백은 시위를 떠난 화살처럼 앞으로 쏘아지는 혈영을 바라보며 다시금 두둥실 떠올랐다.

챙! 채챙-!

순식간에 격돌하는 혈영과 나한들의 모습이 그의 발밑으로 빠르게 흘러갔다.

그때 어디선가 중후한 일갈이 들려왔다.

“감히 오백나한(五百羅漢)을 뚫겠다고 나서다니, 너무 광오하지 않은가!”

설무백은 그 목소리를 들으며 지상으로 내려오는 와중에 한 손을 앞으로 내밀었다.

아무런 기척도 없이 빠르게 쇄도하는 음유한 기세를 느꼈기 때문이다.

아니나 다를까.

펑-!

설무백이 내민 손바닥에 요란한 폭음이 작렬했다.

지상으로 내려선 설무백은 의지와 무관하게 이채로운 눈빛을 드러냈다.

누가 날린 장력인지는 모르겠으나, 손바닥이 찢어질 듯 아픈 충격을 받은 까닭이었다.

정말 놀라웠다. 신공을 완성한 이후, 그는 지금과 같은 통증을 처음 느껴 보았다.

그러나 그와 같은 그의 놀람은 상대의 놀람에 비할 바가 아니었다.

"배, 백보신권(百步神拳)을 맨손으로……!"

전방이었다.

해탈문이라고 불리는 산사의 마지막 문인 불이문 앞에 일단의 나한들을 거느린 백미백염의 노승 하나가 경악과 불신에 찬 눈빛으로 그를 바라보고 있었다.

설무백은 첫눈에 상대 백미백염의 노승이 누군지 알아보며 절로 미소를 지었다.

"대운 대사(大雲大士)!"

설무백은 지금 생은 물론 전생에도 직접적으로 대운 대사를 만나 본 적이 한 번도 없었다.

전생의 어느 날 아주 먼발치에서 그저 한 번 보았을 뿐이라 얼굴도 기억나지 않았다.

그러나 그는 지금 나타난 백미백염의 노승이 대운 대사임을 확실할 수 있었다.

백보신권 때문이었다.

백보신권은 소림 무공의 정수로 손꼽히는 칠십이종(七十二種)의 절예 중에서 소림 내가(少林內家) 삼십육종(三十六種)의 절예에

속하는 전설의 신공이다.

달마 대사 이후 소림최고의 무승으로 평가받은 전대의 고승, 각원상인(覺元上人)이 창안했다는 내가권인 백보신권은 백보, 즉 대략 이십 장 밖에 있는 바위를 박살 낸다고 해서 백보신권이다.

물론 장력이나 권력으로 바위를 박살 내는 것이 쉬운 일은 아니지만, 그렇다고 불가능한 일도 아니었다.

비록 바위가 이십 장의 거리나 떨어져 있다고 해도 그건 다르지 않다.

무림의 고수라면 그 정도 거리는 얼마든지 무시하고 장풍이나 권풍으로 바위를 박살 낼 수 있는 내가기공을 가졌고, 당시에도 그 정도의 신위를 보이는 고수가 적어도 수십 명은 넘었다.

그러나 백보신권은 당시 그들 강호의 고수들이 펼치는 장풍이나 권풍과는 차원이 달랐다.

백보신권은 그들, 고수들이 펼치는 일반적인 장풍이나 권풍과 다른, 즉 기를 모아서 쏘아 내고 그 기의 힘을 그대로 유지한 채 밀고 나가서 적을 타격하는 벽공장(劈空掌)이 아니라, 펼친 자가 원하는 임의(任意)의 한 점에서 응축한 기를 터뜨리는 격공장(隔空掌)이기 때문이다.

요컨대 손에 기를 모아서 직접적으로 적을 타격하는 것이 발경(發勁)이고, 발경한 기를 허공에 발산해서 멀리 떨어져 있

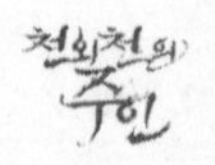

는 적을 타격하는 것이 벽공장이다.

그런데 격공장은 임의로 정한 표적에 도달하기 전까지는 아무런 흔적도 없어서 중간에 있는 장애물에도 전혀 손상을 주지 않지만, 표적에 닫는 순간에 기가 폭발해서 적에게 타격을 주는 비기(秘技)인 것이다.

결국 작금의 강호 무림에서 음경(陰勁) 또는 침투경(浸透勁)으로 분류되는 무공인 무형장(無形掌)이나 무영권(無形拳) 계통의 시조가 바로 소림의 백보신권인 셈인데, 우습지 않게도 정작 소림사에는 각원 대사 이후 오랫동안 백보신권을 수련한 무승이 나타나지 않았다.

거기에는 이유가 있었다.

백보신권은 절대의 체력과 심력을 가져야만 비로소 습득할 수 있기에 오랫동안 뼈를 깎고 살을 에는 고강도의 수련을 거쳐야 하는데, 극악의 훈련이라고 세간에 알려진 소림삼십육방(少林三十六房)을 통과한 무승들도 백보신권을 익히기 위한 수련은 견뎌 내지 못했던 것이다.

그러다 마침내 그걸 견뎌 내고 백보신권을 익힌 무승이 하나 나타났다.

그게 바로 달마 대사 이후 최고의 선승(禪僧)으로 추앙받는 굉우 대사의 제자 대운(大雲)이었다.

지금 설무백의 앞에 나타난 백미백염의 노승이 바로 그 사람, 당금 소림사의 최고배분인 굉우 대사의 제자이며, 장문 방장인 현정 대사의 사숙이기도 한 대운 대사였다.

그리고 다른 무엇보다도 대운 대사는 고지식함으로 똘똘 뭉친 소림사의 승려들 중에서 그가 말이 통할 수 있다고 보는 몇 안 되는 승려들 중의 하나였다.

대운 대사를 알아보고 절로 떠오른 설무백의 미소는 바로 거기에 기인했다.

다만 지금 아무리 대화가 통할 수 있는 사람이라고 해도 무작정 대화를 청할 수 있는 상황이 아니었다.

적어도 자신에게 대화를 나눌 자격이 있다는 것을 보여 줘야 하는 것이다.

생각과 동시에 몸이 반응했다.

설무백은 대번에 전신의 공력을 끌어 올린 두 손을 앞으로 내밀고 있었다.

아무런 소리도, 아무런 기척도 일어나지 않았다.

대신 그의 손은 그저 허공을 휘젓기만 했는데 무지막지한 무형의 기운이 뿜어 나와서 그의 손과 연장선상에 있는 소림사의 나한들이 가랑잎처럼 나가떨어졌다.

마주 서서 대치하고 있던 대운 대사가 반사적으로 태세를 갖추었다.

횃불처럼 이글거리는 눈빛 아래 좌우로 펼친 두 주먹과 낮게 가라앉은 자세가 소림내공의 정점인 금강부동신공(金剛不動神功)을 펼치고 있음을 알려 주는데, 우습지 않게도 그에게는 아무

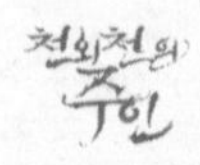

런 상황도 벌어지지 않았다.

설무백을 기점으로 흡사 부챗살처럼 퍼져 나가며 무지막지한 위력을 행사한 경기의 압력이 오직 한 사람, 대운 대사에게는 전혀 영향을 주지 않았던 것이다.

그런데 놀랍게도 설무백이 행사한 경기의 압력을 견딘 승려도 있었다.

대운 대사의 곁에 서 있던 네 명의 중년 승이 그랬다. 일순 주룩 물러나긴 했으나, 네 명의 중년 승 모두 이내 중심을 잡으며 발목이 지면까지 파고든 상태로도 꿋꿋이 버텼다.

반지르르하게 깎은 민머리의 이마에 두 줄로 나란하게 박힌 계인(戒印)과 대운 대사와 마찬가지로 장수 편삼이긴 하나 한쪽 소매가 없는 자색 가사가 그들의 신분을 말해 주고 있었다.

바로 십팔 나한(十八羅漢)과 더불어 소림 무승의 정점에 있다는 사대 금강(四大金剛)이었다.

그들, 사대 금강이 빈첩하게 앞으로 나섰다.

대운 대사가 자신에게 아무런 피해가 없음을 알고 미간을 찌푸리는 와중에 슬쩍 손을 들어서 사대 금강을 제지했다.

설무백은 그것만으로도 대운 대사에게 대화할 의지가 있다는 것을 충분히 느낄 수 있었다.

그는 대운 대사의 입이 열리기 전에 먼저 말했다.

"저는 설 아무개라는 사람으로 굉우 대사님께 몇 가지 의논할 것이 있어서 불철주야 먼 길을 달려왔습니다. 이는 제가 소림에 와서 두 번째 밝히는 사실이며, 끝내 대사께서도 거절하신다면 저는 이제 그만 포기하고 조용히 물러갈 생각인 바, 부디 훗날 후회하지 마시고 숙고해 주시길 바랍니다."

대운 대사가 어이없다는 듯 실소했다.

"소림사의 영내를 이 지경으로 헤집어 놓고 이제 와서 그냥 조용히 물러나겠다?"

설무백은 대수롭지 않게 대답했다.

"대사마저 저의 부탁을 거절하신다면 다른 도리가 없으니 물러나야지요."

대운 대사가 안색을 바꾸며 말했다.

"빈승은 지금 시주가 그렇게나 마음대로 이 자리를 벗어날 수 있는가를 묻고 있는 걸세."

설무백은 태연하게 대답했다.

"어떤 결정을 내리시든 도움이 되시라고 한 수 재간을 보여 드렸으니, 판단은 전적으로 대사님의 몫입니다."

그는 재우쳐 물었다.

"어떻습니까? 막으실 수 있겠습니까?"

"음!"

대운 대사가 묵직한 침음으로 대답을 대신했다.

설무백은 어디까지나 무심한 태도를 견지하며 넌지시 채근했다.

"서둘러 주십시오. 아직은 제 수하들에게 여유가 있어서 크

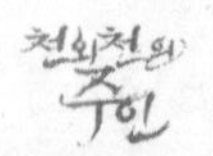

게 다치는 승려들이 없는 것 같으나, 언제까지 그럴 수 있다는 보장은 못 합니다."

대운 대사가 가늘게 좁혀진 눈가로 설무백을 바라보며 물었다.

"지금 시주의 수하들이 본사의 제자들을 봐주면서 싸우고 있다는 건가?"

설무백은 무심하게 대꾸했다.

"적어도 살인은 피하고 있을 겁니다. 제가 소림의 무력을 생각해서 심하게 손을 써도 좋다고 허락은 했지만, 그 정도 눈치는 있는 수하들이니까요."

"음!"

대운 대사가 새삼 침음을 흘리며 잠시 뜸을 들이다가 불쑥 물었다.

"대체 시주는 누군가?"

설무백은 대답 대신 재촉했다.

"이러다가 늦겠습니다."

대운 대사가 매섭게 돌변한 눈빛으로 설무백의 얼굴을 뚫어지게 바라보았다.

무언가 설무백의 속내를 읽어 보려는 눈치였다.

하지만 그저 깊고 그윽하게 가라앉은 설무백의 두 눈에서 대운 대사가 알아낼 수 있는 감정은 하나도 없었다.

대운 대사는 이내 포기한 듯 긴 한숨을 내쉬고는 크게 발을 구르며 소리쳤다.

"다들 멈추어라!"

지축이 울렸다.

대운 대사의 목소리도 그와 같이 그리 크지는 않았으나, 모종의 기력이 담겼는지 사방팔방으로 넓게 퍼져 나가서 산사의 초입에서 싸우고 있던 사람들의 귓가에도 또렷하게 들렸다.

때 아니게 벌어진 소림사의 격전이 그렇게 끝났다.

소림사의 나한들이 물러나자, 공야무륵 등 설무백의 수하들도 공격을 멈추었다.

설무백은 고도의 감각으로 그와 같은 상황을 빠르게 인지하며 대운 대사를 향해 공수했다.

"기회를 주어서 고맙습니다."

"할 말은 다 해 놓고 이러니, 정말 시주는 알다가도 모를 사람이로군그래."

대운 대사가 정말 신기하다는 눈치로 설무백을 바라보다가 이내 고개를 절레절레 흔들며 돌아섰다.

"따라오시게."

대운 대사가 앞서 가고, 그 뒤에 시립해 있던 사대 금강과 수십 명의 나한들이 길을 열어 주었다.

설무백은 묵묵히 대운 대사의 뒤를 따라갔다.

사대 금강과 수많은 나한들이 그런 설무백의 뒤에 붙는 사이, 혈영과 흑영, 백영, 공야무륵, 위지건이 빠르게 합류했다.

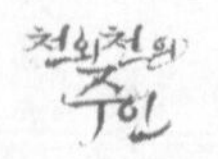

가장 먼저 설무백 등을 막아선 일대 제자 강유 등 다수의 나한들도 그들의 뒤를 따라왔다.

분명 다들 치열한 격전을 치렀음에도 땀에 젖고 옷깃이 찢겨 나간 것이 다였을 뿐, 어디 하나 상처를 입은 사람은 보이지 않았다.

대운 대사가 슬쩍 그런 그들의 모습을 살피더니, 쓰게 입맛을 다셨다.

설무백의 말이 사실임을 눈으로 확인하자, 못내 심난해진 기색이었다.

설무백은 은연중에 그걸 느끼며 혼잣말처럼 나직이 중얼거렸다.

"저는 소림의 적이 아닙니다."

"부디 그러길 바라오."

대운 대사가 짧게 대답하고는 서둘러 발길을 재촉했다.

해탈문이라는 산사의 마지막 문인 불이문 안쪽은 산비탈을 깎아서 평평하게 다듬은 공터였고, 그 너머에는 웅장하고 거대한 전각과 크고 작은 승방들이 구석구석 즐비하게 깔려 있었다.

그리고 그 모든 요소요소마다 허리에는 삭도를 차고, 손에는 봉을 든 소림사의 무승인 나한들이 단수 편삼에 황색 가사를 덧걸쳐 양 팔목에서 어깨까지 푸르게 꿈틀거리는 용 문신을 드러내고 철통같은 경계를 서고 있었다.

원래 이런 것인지 아니면 오늘만 그런 것인지는 몰라도, 그야말로 난공불락의 철옹성을 보는 것 같았다.

대운 대사는 그런 철옹성의 심처로 설무백을 안내했다.

무수한 전각과 전각 사이를 얼추 반 시진 이상이나 돌고 또 돌아서 도착한 정원이었다.

각종 정원수 사이로 크고 작은 석탑(石塔)이 선뜻 수를 헤아릴 수 없을 정도로 무수히 깔려 있는 장소, 바로 소림의 역대 고승들의 묘와 석탑이 숲을 이루고 있는 탑림(塔林)이었다.

그리고 매우 낮아서 평평해 보이는 계단 하나가 탑림을 가로지르고 있었는데, 그 계단 끝에는 범종(梵鐘) 하나가 매달린 범종각(梵鐘閣)을 벗한 중후한 외관의 대전 하나가 자리하고 있었다.

특이하게도 암갈색의 외관인데다가 어느 방면에도 창문이 보이지 않는 대전이었다.

대운 대사가 얼핏 봐도 사방팔방에 수십 명의 나한들이 경계를 서는 그곳, 대전의 내부로 설무백을 이끌며 말했다.

“장생전(長生殿)이오. 다른 분들은 여기서 기다려 주시오.”

대운 대사의 말을 들은 설무백은 공야무륵 등을 향해 시선을 주며 주었다.

무언의 지시였다.

그러나 이번에도 역시 공야무륵은 따르지 않았다.

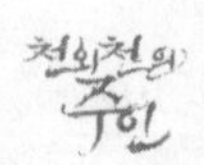

설무백이 대운 대사의 뒤를 따라서 장생전으로 들어가자, 공야무륵은 당연하다는 듯 그 뒤를 따랐다.

대운 대사의 발길이 멈추어졌다.

설무백은 대운 대사가 돌아서기 전에 말했다.

"죽일 생각이 아니라면 그냥 가시지요. 이런 쪽으로는 제 말도 안 통하는 친구입니다."

대운 대사가 극단적인 설명에 놀란 표정이다가 어쩔 수 없다는 듯 고개를 끄덕이는 것으로 수긍하며 발길을 옮겼다.

설무백은 묵묵히 그 뒤를 따라갔고, 공야무륵이 아무렇지도 않게 그 뒤에 붙었다.

장생전은 소림의 장로원격인 장소였고, 굉우 대사는 거기 장생전에 있었다.

다만 굉우 대사는 혼자가 아니었다.

소림사의 중추를 구성하는 장로들과 각 당의 수좌들, 그리고 저마다 요직을 차지한 일대와 이대의 제자들이 굉우 대사의 곁을 지키고 있었다.

설무백으로서는 당황스럽기 그지없게도 그들은 얼음장처럼 차갑게 식은 아홉 구의 주검을 살피고 있었는데, 그중 한 구는 장문 방장 현정 대사였다.

"어서 오시게. 빈승이 굉우일세."

굉우 대사는 빛이 바랬을 정도로 낡고 허름한 장수 편삼에 자색 가사를 걸친 왜소한 체구에 검버섯에 주름이 자글자글한 얼굴과 진물이 흐를 것처럼 움푹 파인 눈가를 가진 노승이었다.

대운 대사와 마찬가지로 가는 백미가 귀밑에 걸치고 몇 가닥 되지 않은 백염을 길게 늘어트렸는데, 그게 필요 이상으로 길게 느껴지는 것은 나뭇가지처럼 앙상한 손으로 움켜잡은 선장(禪杖)으로 버티고 있는 새우처럼 굽은 허리 때문일 것이다.

이런 노승이 바로 선종불교(禪宗佛敎)의 시조로 불리며 역근경(易筋經)과 세수경(洗髓經)을 만든 달마대사 이후 소림최고의 선승으로 추앙받는 굉우 대사라는 것은 누가 봐도 좀처럼 믿기 어려운 일일 터였다.

"설 아무개라고 합니다."

설무백은 답례를 하면서부터 사뭇 이채로운 눈빛으로 굉우 대사를 바라보았다.

굉우 대사의 행색 때문이 아니었다.

전혀 놀라거나 당황하지 않고 그를 맞이하는 것도 그다지 문제로 느껴지지 않았다.

대운 대사가 여기로 오는 도중에 모종의 전음을 통해서 미리 연락을 취했을 터였다.

소림사는 불문 최고의 전음밀문인 혜광심어(慧光心語)를 보유하고 있으니, 그가 눈치채지 못하는 것도 당연했다.

그러나 아니, 그래서 더욱 묘한 기분이 들었다.

난생처음 보는 외인에 불과한 그를, 그것도 엄연히 실력 행

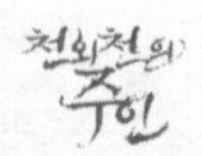

사에 나선 그를 무턱대고 이처럼 중대한 자리에 불러들인다는 것은 실로 쉽게 이해하기 어려운 일이었다.

왜일까?

'어쩌면 차라리 잘된 일인지도……!'

애초의 계획과는 완전히 달라진 상황이었다.

이젠 그야말로 도박이 되어 버렸다.

하지만 그러면 어떻고 저러면 어떤가.

굉우 대사가 무슨 생각, 어떤 속내를 가지고 이 자리로 부른 것인지는 모르겠으나 이건 그리 나쁘게만 볼 상황도 아니었다.

아니, 소림의 핵심 요인들을 한자리에서 마주했다는 것은 오히려 좋았다.

설무백은 그렇게 마음을 다잡고 갑작스러운 그의 등장에 불쾌한 듯, 분노한 듯한 기류가 일어나는 것을 무시하며 정중하게 다시 말했다.

"다름이 아니라 몇 가지 의논드릴 것이 있어서 소림의 큰 어른이신 굉우 대사님을 뵈러 왔습니다. 잠시 시간을 좀 내주실 수 있는지요?"

굉우 대사가 천천히 고개를 끄덕이는 한편으로 그를 유심히 살피며 대답했다.

"자네를 이 자리로 들인 것은 빈승의 뜻이 아니네. 빈승의 제자가 자네에 대해서 익히 잘 안다고 해서일세."

굉우 대사의 시선이 슬쩍 한쪽 구석에 서 있는 사람 하나를 일별했다.

설무백은 무의식중에 굉우 대사의 시선을 따라 고개를 돌려서 그 사람을 확인하고는 새삼 이채로운 눈빛을 드러냈다.

지금 장내에 자리한 승려들은 거의 다가 노승들이고, 그렇지 않은 몇몇도 희끗거리는 눈썹과 수염의 중년 승들이었다.

그런데 지금 그가 얼떨결에 확인한 사람은 놀랍게도 버젓이 머리를 기른 속인이었고, 하물며 새파란 청년이었다.

고작 약관이나 되었을까?

승복과 같은 허름한 잿빛 마의를 포대처럼 헐렁하게 걸치고, 이마에는 같은 색의 목면건(木綿巾)을 두르고 있어서 그가 첫눈에 알아보지 못한 청년은 화류공자(花柳公子)를 연상케 하는 미남자였고, 특이하게도 소림의 무승이 사용하는 삭도 혹은 계도(戒刀)라고 부르는 넓적하고 짧은 칼을 허리에 차고 있었다.

승복을 입은 승려가 아님에도 승려들만 모여 있는 장내의 모습과 따로 놀지 않고 배경처럼 녹아 들어가 있는 것으로 보이는 것 역시 아마 그 때문인 텐데, 묘하게도 그를 바라보는 눈빛이 이채로웠다.

마치 매우 잘 아는 사람을 바라보는 눈빛인 것이다.

'누구지?'

설무백은 혼란스러워졌다.

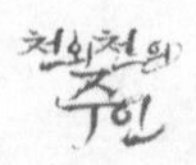

굉우 대사가 자신의 제자라고 밝힌 청년은 그가 당최 누군지 가늠조차 되지 않는 사람이었다.

굉우 대사에게 이처럼 어린 제자가 있었다는 것은 그가 가진 전생의 기억에도 없는 일이라 더욱 그랬다.

굉우 대사를 사사한 소림의 속가 제자가 없는 것은 아니었다. 둘이나 있었다.

전생의 그도 안면이 있는 사람, 낭인처럼 정처 없이 중원을 떠돌면서도 소림속가제일인(少林俗家第一人)으로 명성이 자자한 패검이룡(覇劍螭龍) 종리매(綜理魅)가 바로 그였다.

그렇지만 그의 기억에 있는 그들, 두 사람은 육순이 넘은 노인들인지라 당시와 지금의 시간적인 차이를 감안해도 엄연히 사십대의 중년인이었다.

약관도 안 되는 청년은 말이 안 됐다.

'혹시 변용술……?'

지금으로서는 그 수밖에 없어서 그는 예리해진 눈빛으로 마의청년을 살폈다.

그때 의미심장하게 그를 바라보던 굉우 대사의 말이 다시금 이어졌다.

"……그러니, 괜한 걱정 말고 허심탄회하게 신분을 밝혀 주게. 자네가 거기장군 설인보, 설 장군의 영식(令息)이 맞는가?"

설무백은 일순 멍해졌다.

가뜩이나 혼란스러운 머리를 거대한 쇠뭉치로 한 방 맞은 것 같은 느낌이었다.

이건 정말 그가 꿈에도 예상하지 못한 상황이었다.

'무림이 아니라 관부를 통해서 나를 안다고……?'

설무백은 이내 싸늘해진 얼굴로 굉우 대사와 그의 제자라는 마의청년을 쓸어보았다.

이런 식의 접근은 다른 무엇보다도 그를 격하게 도발하는 짓이었다.

마의청년이 그런 그의 감정을 대번에 간파한 듯 서둘러 웃는 낯으로 끼어들었다.

"다른 뜻이 있는 것은 아니니, 괜한 오해는 마시오. 그냥 어쩌다 보니 그리 알게 된 것이오."

설무백은 냉담하게 마의청년을 바라보며 말했다.

"그리 뭉뚱그려 말하면서 오해하지 말라는 것은 무리요. 오해하지 않도록 분명하게 해 주시오."

가뜩이나 무거운 기류가 흐르던 장내의 분위기가 대번에 싸늘해졌다.

처음에는 그저 경계만 하던 사람들이 이젠 아주 적이라도 되는 것처럼 그를 노려보고 있었다.

마의청년이 이래저래 난감하다는 표정을 지으며 굉우 대사를 바라보았다.

굉우 대사가 무언가 승낙을 하듯 가만히 고개를 끄덕였다.

마의청년이 그제야 설무백을 향해 미소를 보이며 말했다.

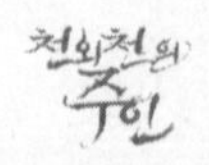

"이런 자리에서 언급할 것은 아니나, 본인은 오래전부터 북평 왕부를 돕고 있소."

설무백은 내심 그것밖에 없다고 생각한 이유가 마의청년의 입에서 나왔음에도 그냥 믿지 않았다.

"내가 그걸 어떻게 믿을 수 있소?"

마의청년이 기다렸다는 듯 품을 뒤져서 붉은 수실이 매달린 금빛 신패 하나를 꺼내 보였다.

"이거면 되지 않겠소?"

설무백은 못내 미소를 지으며 고개를 끄덕였다.

마의청년이 꺼내 보인 신패는 그도 가지고 있는 연왕의 용봉패였던 것이다.

"여기저기 많이도 뿌리셨네."

마의청년이 따라 웃으며 말을 받았다.

"그리 많이 뿌리신 것 같지는 않소. 세속에서 이걸 알아볼 사람은 설 공자를 포함해서 고작 다섯을 넘지 않는다고 하셨으니 말이오."

설무백은 다섯도 많다고 생각했다.

소림의 최고 어른인 굉우 대사의 제자라는 마의청년이 용봉패를 가지고 있다는 것이 어떤 의미이고 무슨 뜻인지 능히 짐작할 수 있어서 절로 그런 생각이 들었다.

필시 금의위의 위세를 넘어서는 동창의 등장이었다.

연왕이 어느새 동창을 만들고 강호 무림의 고수들을 끌어들이기 시작한 것이다.

설무백은 애써 그런 내색을 삼가며 안부를 물었다.

"강녕하시지요?"

"아직까지는 그렇소. 그보다……."

마의청년이 어깨를 으쓱하며 대꾸하고는 멋쩍은 표정으로 눈치를 보았다.

굉우 대사의 눈치였다.

굉우 대사가 자못 근엄해진 목소리로 마의청년의 말을 가로채고 나섰다.

"자네가 설 장군의 영식이 분명하다면 우리에게 한 가지 더 확인해 줄 것이 있네. 작금의 강호 무림을 활보하는 흑도 고수 흑포사신이 자네라고 하더군. 사실인가?"

설무백은 장내의 모든 이목이 자신에게 집중되는 것을 느끼며 솔직하게 인정했다.

"사실입니다."

굉우 대사가 가만히 고개를 끄덕이고는 이내 안색을 바꾸며 다시 물었다.

"그럼 이제 다시 묻겠네. 자네는 지금 이 자리에 설 장군의 영식으로 찾아온 건가, 아니면 강호 무림의 흑도 고수인 흑포사신의 신분으로 찾아온 것인가?"

설무백은 단호한 어조로 솔직하게 대답했다.

"제가 집안을 나와서 따로 사는 이유는 저의 행보로 인한 폐

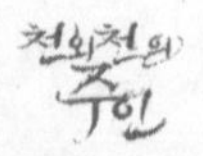

해가 조금이라도 가족들에게 미치게 하지 않기 위함입니다. 지금도 그리고 앞으로도 제의 모든 행보는 설 씨 가문의 아들이 아닌 강호 무림의 한 사람으로서 행하는 것입니다."

굉우 대사가 납득하고 수긍한다는 듯 매우 흡족한 표정으로 고개를 끄덕이며 말했다.

"핏줄로 이어진 관계가 그리 한다고 끊어지는 것은 아니나 마음가짐만큼은 틀림없이 이해하고 수긍하네. 자, 그럼 이제 말해 보게. 그래, 대체 무슨 연유로 불철주야 그리 먼 길을 달려서 빈승을 찾아왔다는 것인가?"

설무백은 거두절미하고 본론을 꺼냈다.

"소림에 우환이 생겼다고 들었습니다. 혹시나 했는데 역시나 엄청난 사건이 벌어졌네요."

그는 장내의 한쪽에 줄줄이 늘어선 아홉 개의 관과 그 속에 잠들어 있는 아홉 구의 주검을 차례대로 둘러보며 차분하게 말을 이어 나갔다.

"장문 방장이신 현정 대사와 감원(監院)을 비롯한 팔대 호원(八大護院)의 죽음이라니, 참으로 안타깝기 그지없습니다."

굉우 대사를 비롯한 장내의 모든 승려들의 안색과 눈빛이 변했다.

설무백은 자신을 주시하는 장내의 모든 승려들의 눈빛 한 귀퉁이로 의혹과 불신이 교차하고 있다는 것을 예리하게 느끼면서도 말을 끊지 않았다.

"하지만 다들 분명하게 아셔야 할 것이 있습니다. 지금 구대문파를 비롯한 강호 무림의 내로라하는 각대 문파에서 여기 소림과 같은 일이 벌어졌습니다. 그리고 암중에서 그것은 주도한 자들은 강호 무림의 패권을 노리는 것이 아니라 강호 무림의 괴멸을 노리고 있습니다. 강호 무림을 갈아엎고 자신들의 터전을 만들려는 겁니다."

"아니, 대체 자네는……!"

"아직 끝나지 않았습니다! 마저 들어 주십시오!"

설무백은 참지 못하고 나서는 굉우 대사의 말문을 차단하며 계속 말했다.

"이제 체면치레로 자존심만 챙기는 남북대전은 끝났습니다. 대신 중원 각지에서 저들이 주도하는 피비린내 나는 살육이 벌어질 겁니다. 막아 주십시오. 소림이 나서면 그간 침묵하던 무당도 나설 것이고, 그럼 무림인들이 모여들 겁니다."

설무백은 말미에 더 없이 정중하게 공수하며 고개를 숙였다.

"부탁드립니다! 무림맹을 결정해서 그들에게 대항해 주십시오!"

"음!"

사방에서 침음이 흘러나왔다.

다들 설무백의 말을 어디서부터 어디까지 믿어야 할지 모르겠다는 표정들이었다.

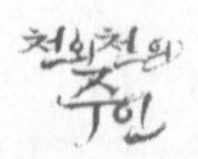

괭우 대사가 심사숙고를 거듭하는 표정으로 설무백을 주시하며 말했다.

"작금의 강호 무림이 하 수상하게 돌아가고 있다는 것은 소림도 느끼던 참일세. 하나, 자네의 말은 워낙 거창하고 거대해서 선뜻 가슴으로 다가오지 않는군. 자네가 말하는 저들이 존재한다는 것을 우리가 어찌 믿겠나?"

설무백은 장내의 한쪽에 늘어진 장문 방장 현정 대사 등의 주검을 일별하며 말했다.

"이런 일을 당하시고도 저의 말을 믿지 못하겠다는 말씀입니까?"

괭우 대사가 무거운 어조로 대답했다.

"이번 사건이 자네가 말하는 자들로 인해 벌어졌다는 증거는 어디에도 없네. 오히려 빈승은 그와 같은 얘기를 들고 온 자네가 더 의심스러울 지경일세. 하니, 말해 보게. 자네는 소림이 믿을 수 있는 증거를 가지고 있는가?"

역지사지(易地思之)라, 이건 조금 전 그가 괭우의 속가 제자라는 마의청년에게 취했던 태도와 같았다.

설무백은 기다렸다는 듯이 고개를 끄덕였다.

"있습니다!"

괭우 대사가 눈빛이 변해서 물었다.

"무엇인가 그게?"

설무백은 괭우 대사를 시작으로 장내의 모든 승려들을 천천히 둘러보며 말했다.

"증거를 보여 줄 수는 있습니다만, 그전에 먼저 여러분들의 허락이 필요합니다."

굉우 대사가 고개를 갸웃했다.

"증거를 보자는데, 허락이 필요하다니? 그게 대체 무슨 말인가?"

설무백은 새삼 현정 대사 등 아홉 구의 주검을 바라보고 나서 말했다.

"저분들을 죽인 범인이 지금 이 자리에 있습니다! 허락하신다면 그 범인을 밝히는 것으로 증거를 대신하겠습니다!"

"어허, 무슨 그런 터무니없는……!"

"말도 안 되오! 지금 이 자리에 있는 분들이 다들 누구라고 감히 그런 망발을……!"

"지금 소림을 모독하는가!"

장내가 분노로 들끓었다.

너나할 것 없이 다들 매섭고 뜨거운 분노의 고함을 터트리고 있었다.

그때 굉우 대사가 대뜸 손을 들어서 장내의 분노를 억누르며 설무백을 향해 말했다.

"알겠네. 그리하게. 대체 여기 있는 누가 감원을 비롯한 팔대 호원을 뚫고 들어와서 장문 방장을 시해한 범인인가?"

사실 이건 질문이 아니었다.

질문을 빙자한 굉우 대사의 분노였다.

설무백은 그에 상관하지 않고 아무렇지도 않게 나섰다.

그리고 순간적으로 칼을 뽑아서 눈치도 없이 나선 그를 보며 어이없는 표정을 짓는 굉우 대사의 배를 사정없이 찔렀다.

"너잖아!"

번천翻天 (4)

감히 상상조차 할 수 없이 황당무계한 일이 벌어지면 누구나 다 현실을 인정할 수 없게 된다.

분명히 두 눈으로 보고 있으면서도 자신의 눈을 의심한다.

설무백이 일순 내공을 주입해서 변환시킨 환검 백아로 굉우 대사의 배를 찌른 다음 상황이 그랬다.

시간이 멈춘 것처럼 장내의 모든 사람이 그대로 정지했다.

다들 경악과 불신의 눈초리로 설무백을 바라보고만 있을 뿐, 누구도 움직이지 않고 있었다.

찰나의 시간이 영혼처럼 길게 흘러가는 그 순간, 가장 먼저 정신을 차린 사람은 역시나 설무백의 공격을 받은 굉우 대사였다.

"크윽……!"

굉우 대사가 억눌린 신음을 흘리며 수중의 선장으로 설무백을 밀어냈다.

그때부터 정지한 것 같던 시간이 다시 흐르기 시작했다.

설무백은 주춤 한 걸음 물러났다.

굉우 대사가 뻗어낸 선장에는 그처럼 막강한 기세가 담겨 있었고, 그 바람에 백아가 뽑혀졌다.

백아의 서슬이 모습을 드러내고 핏물이 뿌려지는 그 순간, 굉우 대사가 구름처럼 두둥실 떠서 대여섯 장이나 뒤로 날아갔다.

허공중에 붉은 피가 점점이 흩날렸다.

"갈!"

몇몇 노승들이 굉우 대사를 부축하는 가운데, 대운 대사가 매서운 일갈을 내지르며 설무백을 향해 주먹을 내지르고, 그림처럼 전방으로 나선 노화상 중 하나가 손가락을 튕겼다.

대운 대사의 곁에 시립해 있던 사대 금강이 앞으로 나선 것도 그와 동시였다.

취릿! 피슝—!

거의 동시에 발현된 막강한 공력의 출렁임과 예리한 기세가 장내의 공기를 뒤흔들었다.

설무백은 순간적으로 두 손을 내밀어서 한손으로는 대운 대사가 쏘아 낸 권력에 대항하고 다른 한손으로는 전면으로 나

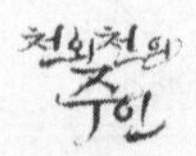

선 범상치 않은 노화상의 공격을 방어했다.

와중에 번개처럼 쌍도끼를 꺼낸 공야무륵이 사대 금강의 전면을 막아섰다.

대운 대사가 권력으로 쏘아 낸 경기는 역시나 무영권인 백보신권이었다.

그 경기가 설무백의 한손에 막혔다.

설무백의 앞으로 나선 노화상이 손가락으로 튕긴 것은 염주(念珠)였다.

소림 비기 보리탄주(菩提彈珠)인 것이다.

주먹을 쥔 것처럼 구부린 검지의 중동에 염주를 끼우고 힘주어 구부린 엄지로 튕겨 내듯 쏘아 내는 보리탄주는 내공을 실을 경우, 그 어떤 강궁(强弓)보다 무서운 위력을 발휘하는데, 시전자의 내공이 높을수록 더욱더 위력이 배가 되는 소림 내가 삼십육 종의 하나였다.

설무백은 그와 같은 보리탄주 역시 본능처럼 내민 손바닥으로 막아 냈다.

공야무륵이 수중의 쌍도끼를 좌우로 펼쳐서 쇄도하는 사대 금강을 뒤로 물러나게 한 것과 동시에 벌어진 상황이었다.

꽈꽝-!

복잡하게 뒤엉킨 공격과 방어로 일어난 무지막지한 기세와 경력이 한순간 부딪치며 폭발했다.

장생전의 벽과 천장이 그 기세를 견디지 못했다.

사방의 벽이 무너지거나 커다란 구멍이 뚫리고, 굵직한 대들보가 부러지며 천장이 날아갔다.

"타앗!"

쏟아지는 천장의 잔해와 뿌옇게 피어오르는 흙먼지 속에서 대운 대사가 뒷걸음질 치고, 보리탄주를 펼친 노화상도 휘청거리며 밀려 나갔다.

설무백은 그저 손을 내밀어서 방어한 것이 아니라 상당한 내력을 주입한 강기를 펼쳤던 것인데, 그 위력은 엄청나게도 그들 두 사람만이 아니라 주변에 있던 모든 화상들에게 가해졌다.

장내에 있던 모든 화상들이 설무백을 기점으로 주르륵 뒤로 밀려나간 것이다.

설무백의 싸늘한 일갈이 그 순간에 장내를 가로질렀다.

"다들 정신들 차려! 보고도 모르나! 굉우 대사가 언제 상승의 경신 공부를 익혔나! 하물며 나를 밀친 기공은 또 어떻고! 그 경신술과 기공이 소림의 절기로 보이나!"

무너지는 건물의 잔해를 피하며 물러나는 와중에 반격을 준비하던 화상들이 일순 동시에 벼락이라도 맞은 것처럼 동작을 멈추었다.

모든 화상들의 시선이 앞서 설무백의 공격에 피를 흘리며 물러났던 굉우 대사에게 쏠리고 있었다.

굉우 대사는 이미 두 명의 화상이 부축해서 무너지는 건물

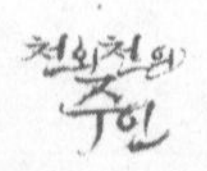

의 잔해를 피해 밖으로 벗어난 상태였다.

지금 장내에 모인 화상들의 능력은 제아무리 희뿌연 흙먼지가 시야를 가려도 그 정도는 어렵지 않게 볼 수 있을 정도의 고수들이었던 것이다.

한순간 무거운 정적이 흘렀다.

굉우 대사가 그 정적을 견디지 못하고 한순간 두 손을 펼쳐서 자신을 부축한 노화상들을 떨쳐 내며 비상했다.

도약을 위한 아무런 사전 동작도 없이 두 다리를 꼿꼿이 편 채 수직으로 날아오르는 수법, 어기충소(御氣衝溯) 또는 어기충천(御氣衝天)이라 부르는 극상의 경공술이었다.

장내의 모든 화상들이 경악했다.

하다못해 굉우 대사의 제자라는 마의청년도 불신에 찬 두 눈을 부릅뜬 채 굳어졌다.

그들이 아는 굉우 대사는 무공하고 거리가 먼 학승(學僧)으로 출발해서 평생을 참선으로 깨달음을 추구하던 선승(禪僧)이었기 때문이다.

그러나 설무백은 그런 굉우 대사의 행동을 이미 예상하고 있었던 것처럼 즉시 반응해서 손을 내밀었다.

마술처럼 모습을 드러낸 양날 창, 흑린이 번개처럼 그의 손을 떠나서 굉우 대사의 가슴을 관통했다.

"컥!"

굉우 대사가 허공에서 잠시 주춤하며 피를 토했으나, 멈추지 않고 그대로 다시 날아갔다.

설무백은 거듭 손끝을 휘둘러서 허공을 선회하고 돌아오는 흑린의 방향을 되돌리다가 이내 그만두며 소리쳤다.

"요미!"

순간, 피를 토하면서도 멈추지 않고 다시금 솟구쳐 오르던 굉우 대사의 신형이 그대로 멈추었다.

양날 창 흑린으로 펼친 설무백의 이기어술에 경이로운 표정을 짓던 정내의 모든 화상들은 뒤늦게 보았다.

굉우 대사의 등에, 정확히는 목에 구름과도 같은 검은 그림자가 매달려 있었다.

"크읔!"

굉우 대사가 자신의 목에 매달린 검은 그림자를 떼어 내려는 듯 미친 듯이 사지를 비틀며 몸부림쳤으나, 아무런 소용없었다.

검은 그림자는 떨어져 나가기는커녕 더욱 견고하고 단단하게 굉우 대사의 목을 조였다.

굉우 대사가 더 이상 견디지 못하고 그대로 추락했다.

쿵-!

굉우 대사의 신형이 땅바닥에 처박히며 지축을 울리는 요란한 소음이 울렸다.

바로 그 직전에 굉우 대사의 목에 매달렸던 검은 그림자가 떨어져 나갔으나, 그걸 제대로 확인한 사람은 무당파와 더불어 강호 무림의 태산북두로 불리는 소림의 고승들만 모인 장내에서 열의 하나도 되지 않았다.

하물며 그 검은 그림자, 바로 전진사가의 절대비기인 사천미령제신술을 발휘하고 있는 요미가 다시금 설무백의 그림자 속으로 스며드는 것을 확인한 사람은 그보다 더 적어서 손에 꼽을 정도였다.

그중 한 사람, 설무백의 전면을 막아서며 보리탄주를 펼쳤던 노화상이, 사실 설무백이 전생의 기억을 통해서 익히 잘 아는 대운 대사의 사형인 대정 대사(大貞大士)가 애써 그 광경을 외면하며 소리쳤다.

"잡아라!"

다른 부연은 없었으나, 사대 금강을 포함한 몇몇 노화상이 나서서 바닥에 처박힌 굉우 대사를 에워쌌다.

앞서 장생전의 벽을 따라 시립해 있던 열여덟 명의 나한들이 그와 동시에 다가들며 수중의 봉을 겹겹이 얽어서 굉우 대사를 결박했다.

이제 그들도 지금의 굉우 대사가 자신들이 아는 진짜 굉우 대사가 아님을 인지한 것이다.

"크아아아……!"

선혈이 낭자한 모습으로 나한들의 봉에 의해 결박당한 굉우 대사가 미친 듯이 몸부림치며 짐승의 울부짖음 같은 포효를 내질렀다.

대정 대사가 그에 아랑곳하지 않고 단호한 표정으로 다가가서 굉우 대사의 마혈를 점했다.

"크아아아……!"

몸부림을 그친 굉우 대사가 거듭 짐승처럼 포효했다.

무거워진 기색으로 내내 침묵한 채 사태의 추이를 살피던 굉우 대사의 제자, 마의청년이 그제야 대정 대사를 향해 조심스럽게 말문을 열었다.

"자결할 수도 있으니, 아혈을……."

대정 대사가 옳다는 표정으로 지체 없이 손을 뻗어서 굉우 대사의 아혈마저 봉쇄해 버리며 명령했다.

"참회동(懺悔洞)으로 모셔라!"

가두라는 것이 아니라 모시라는 것은 그들에게 아직도 확신이 없다는 뜻이었다.

그들은 아직도 지금의 굉우 대사가 자신들이 알고 있는 굉우 대사가 아닌 것은 분명하지만, 전혀 다른 자의 변신인지 아니면 무언가 사마대법에 의해 세뇌당한 것인지 불분명하다고 생각하며 여지를 두는 것이었다.

설무백은 지금의 굉우 대사가 그들이 아는 굉우 대사가 아니라는 것을 알고 있었으나, 굳이 더는 나서지 않았다.

지금도 과하게 나선 편이었다.

더 이상의 참견은 그가 제대로 설명해 줄 수 없을 정도로 불필요한 의심을 부를 터였다.

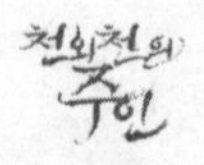

설무백이 그런 생각을 마음을 다잡으며 굉우 대사를 끌고 가는 십팔 나한을 묵묵히 바라보는 참인데, 대정 대사가 그에게 시선을 돌리며 불쑥 물었다.

"이와 같은 사실을 어떻게 안 것이오?"

설무백은 내심 역시나 하며 절로 어색한 미소를 지었다.

이건 그가 익히 예상하고 있던 추궁이었다.

대정 대사가 어색한 그의 표정을 불편함으로 인식한 듯 재빨리 덧붙였다.

"오해는 마시오. 추궁이 아니라 도움을 청하는 거요. 소림은 은혜를 모르는 무뢰배가 아니오."

설무백은 대정 대사의 태도에서 진심을 느끼며 애초에 준비해 둔 대답을 내놓았다.

"어렵게 생각하면 한없이 어렵지만, 쉽게 생각하며 또 그렇게 쉬운 것이 없는 일도 있지요. 이번 일이 그렇습니다. 절대 그럴 수 없다는 고정관념을 가지신 소림의 어르신들께서는 어려울 테지만, 저는 뻔히 눈에 보이는 일이라 매우 쉬웠습니다."

"뭐가 그리 뻔히 보였다는 게요?"

가만히 듣고 있다가 불쑥 끼어든 것을 보면 왠지 무시당한 것 같아서 못내 감정이 상했기 때문일 것이다.

설무백은 그에 아랑곳하지 않고 태연하게 설명했다.

"장문 방장과 감원을 비롯한 팔대 호원의 깔끔한 주검을 보고 독살임을 알 수 있었습니다. 그런데 팔대 호원은 오직 소림사의 장문 방장만을 호위하는 분들이며, 그분들을 한꺼번에 호출할 수 있는 사람은 소림사에 오직 한 분, 장문 방장뿐이라고 들었지요."

대정 대사의 안색이 변했다.

벌써 무언가 느끼는 바가 있는 기색이었다.

설무백은 그 모습을 예리하게 주시하며 계속 말했다.

"그래서 처음부터 굉우 대사를 의심했습니다. 제아무리 장문 방장과 팔대 호원이라도 소림사 최고의 어른이신 굉우 대사께서 부르시면 규율을 떠나서 한자리에 모이지 않을 수 없을 테고, 그분이 따라 주는 차 역시 전혀 의심할 수 없을 테니까요."

대정 대사가 과연 그럴 수 있겠다는 듯 고개를 끄덕이면서도 입으로는 반론을 폈다.

"단지 의심만으로 사람을, 다른 누구도 아닌 소림사의 최고 어른을 칼로 찔렀다는 게요?"

설무백은 태연하게 대꾸했다.

"그것만으로는 부족하지요. 의심이 하나 더 생겨나서 확신이 생겼습니다."

"그게 무엇이오?"

"산사에서 선식만 드시며 참선에만 몰두하신다는 어르신께서 고도의 내공을 가지고 계시더군요."

대정 대사의 두 눈이 가늘어졌다.

"지금 설 시주께서 이 자리의 아니, 소림의 그 누구도 알아보지 못한 그분의 내공을 간파했다는 것이오?"

설무백은 짐짓 삐딱하게 대정 대사의 시선을 마주하며 반문했다.

"그래서는 안 될 이유라도 있는 겁니까?"

대정 대사가 입을 다문 채 침묵했다.

설무백은 아무렇지도 않게 그런 대정 대사의 시선을 마주하며 다시 말했다.

"앞서 말씀드린 것처럼 어떤 일은 어렵게 생각하면 한없이 어렵지만, 쉽게 행각하면 아주 쉽습니다. 소림이 어렵게 생각해서 밝혀내지 못한 것을 저는 쉽게 생각해서 밝혀냈을 뿐입니다. 지금 결과가 그걸 말해 주지 않습니까."

"……."

"거기에 다른 이유나 사연은 없으니, 그냥 그렇게 알고 넘어가 주시길 바랍니다. 더는 실례가 되고, 감정을 상할 수도 있습니다."

"……."

대정 대사는 무슨 생각인지는 몰라도 애써 침묵을 유지하고 있었다.

설무백은 굳이 대답을 기다리지 않고 정중히 공수하며 작별을 고했다.

"그럼 저는 이만 돌아가는 바, 애초의 말씀대로 증거를 보여

드렸으니, 이제 무림맹을 위해서 소림이 나설 것으로 믿고 저는 이만 돌아가 보겠습니다."

대정 대사가 그제야 아무런 답변도 없이 소림사만의 특유한 한손 합장을 해 보였다.

"아미타불(阿彌陀佛)……!"

설무백 등이 소림사의 영내를 벗어나서 숭산 소실봉의 산자락으로 내려섰을 때는 어느새 해가 서쪽 능선으로 넘어가고 노을도 빛깔이 바래서 땅거미가 진하게 내려앉아 있었다.

내내 침묵을 지키며 발걸음을 재촉하던 설무백이 말문을 연 것은 그때였다.

"대정 대사께서 끝내 아무런 대답도 내놓지 못한 것은 아직 그 어떤 말도 할 수 없을 정도로 혼란스러웠기 때문일 거야. 생각을 정리할 시간이 필요했던 거지. 나는 그렇게 이해하고 그냥 물러난 건데, 설마 벌써 생각을 다 정리하신 건가?"

이건 혼잣말이 아니고, 하물며 곁을 따르는 공야무륵 등에게 건네는 말도 아니었다.

공야무륵 등은 그제야 감지했다.

짙은 음영이 드리워져서 실체의 범위를 정확히 구분할 수 없는 전방의 나무숲 사이에서 사람의 기척이 느껴졌다.

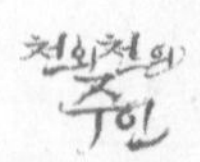

공야무륵이 대번에 도끼를 뽑아 들며 앞으로 나섰다.

설무백은 손을 내밀어서 공야무륵의 어깨를 잡으며 말했다.

"대답이 늦으면 이쪽은 그쪽을 적으로 간주할 수밖에 없는데, 어쩌실 건가?"

나무숲 사이에서 두 사람이 걸어 나왔다.

한 사람은 굉우 대사의 제자라는 정체 모를 마의청년이었고, 다른 한 사람은 단수 편삼에 토황색 괘의만을 덧걸쳐서 양 팔목에서 어깨까지 푸르게 꿈틀거리는 용 문신이 아름답게까지 보이는 청년 승, 나한이었다.

"저는 기억하실 테니, 됐고……."

마의청년이 멋쩍게 웃는 낯으로 같이 나타난 젊은 나한을 소개했다.

"이쪽은 저의 사제인 정각(正角)이오. 사제가 얼마 전부터 무언 수행 중이라 본의 아니게 제가 이렇게 따라 나서게 되었소."

설무백은 흥미로운 눈빛을 드러냈다.

"그래서요?"

마의청년이 애써 머쓱함을 지우는 표정으로 말했다.

"우선 대운…… 대사님이 설 시주에게 아니, 나도 속인이 그냥 설 형이라고 합시다. 설 형에게 보내는 전갈이오. 대운 대사님께서 약속을 지키겠다고 하셨소."

설무백은 제멋대로 호칭을 바꾸면서까지 여유를 부리면서도 대운 대사는 매우 조심스럽게 언급하는 마의청년의 태도에 내심 고소를 금치 못했다.

이유가 있었다.

지금 대동한 나한을 사제인 정각이라고 했으니, 마의청년은 작금의 소림에서 정(正)의 항렬인 이대 제자보다 높은 항렬이라는 의미가 된다.

그런데 여기서 장문 방장이던 현정 대사 등 현자 배보다 하나의 항렬이 높은 대자 배의 대운 대사를 제대로 호칭할 경우, 본의 아니게 마의청년 그 자신의 항렬이 드러남은 물론, 여차하면 애써 감춘 신분마저 발각될 수도 있다.

마의청년은 그걸 염두에 두고 사문의 어른을 그냥 대운 대사라고 호칭한 것이다.

'노력은 한다만…….'

설무백은 애쓴 마의청년의 노력에도 불구하고 이미 마의청년의 정체를 짐작할 수 있었다.

마의청년이 동행한 소림 나한, 정각을 사제라고 부른 것이 결정적이었다.

그는 이미 정각이 누군지 알고 있었고, 그 때문에 마의청년의 정체까지도 충분히 유추해 낼 수 있었다.

그러나 그는 애써 내색을 삼가며 마의청년의 말에 집중했다.

지금 중요한 것은 마의청년 등의 정체가 아니라 그 앞에서 나온 말이었다.

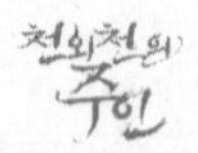

대운 대사가 약속을 지키겠다는 것은 바로 소림사가 무림맹을 위해서 나서겠다는 소리였다.

남북대전에도 나서지 않던 소림사이고 보면 참으로 어려운 결정을 내림 셈이었다.

결정을 내리려면 적어도 사나흘은 고심할 것으로 예상했는데, 예상과 달리 곧바로 마음을 정한 것이다.

'그걸 굳이 사람을 보내서 알린다는 것은……?'

설무백은 내심 만족해하는 한편으로 필시 무언가 나름의 조건이 있을 것이라고 예상하며 물었다.

"그리고요?"

과연 그의 예상이 옳았다.

마의청년이 어색한 미소를 흘리며 그것을 말했다.

"대신 설 형에게 한 가지 부탁을 하셨소."

"무슨 부탁이오?"

"다름이 아니라 대운 대사께서는 설 형의 무위를 확인하고 싶어 하시오. 앞서는 경황이 없으셔서 미처 생각을 못하셨다가 뒤늦게 그 생각이 드신 모양이오. 혹시나……."

설무백은 말을 가로챘다.

"내가 그들과 한편일 수도 있다?"

마의청년이 습관처럼 어색한 미소를 흘리며 변명처럼 설명했다.

"대운 대사께서는 의심을 위한 의심이 아니라, 그저 매사 불여튼튼이라 말씀하셨소. 그리고 마음은 속일 수 있어도 지닌 무공의 내력은 속일 수 없지 않겠소."

설무백은 기꺼운 미소를 드러냈다.

이유는 아무래도 좋았다.

이건 그 역시 바라는 바였기 때문이다.

오늘 그가 경험한 것이 무당파와 더불어 강호 무림의 태산북두로 일컫는 소림사의 전부라면 참으로 아쉽고도 미덥지 못한 일이었다.

하물며 상대는 정각이었다.

아직 세상에 알려지지 않았으나, 정각은 향후 달마 대사에서 혜능 선사(慧能禪師)로, 다시 각원 상인으로 이어진 소림 최고의 계보를 잇는 무승이었다.

즉, 당대 소림 제일인(少林第一人)이 바로 정각인 것이다.

'어째 보이지 않아서 폐관 수련에라도 들었나 했더니만. 그건 아니었네.'

기실 설무백은 소림으로 향하던 순간부터 내심 정각의 존재를 의식하고 있었던 것이다.

이유야 어쨌든 설무백은 마다할 이유가 없었다.

"그쪽이 아니라……."

설무백은 돌부처처럼 무심한 얼굴인 정각에게 시선을 주며 확인했다.

"이쪽이 나선다는 거요?"

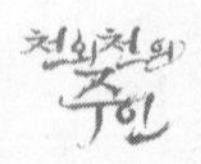

마의청년이 예의 어색한 미소를 드러내며 어디까지나 무심한 정각의 대답을 대신했다.

"그렇소. 대운 대사께서 설 형에게 전하라 이르시길 정각은 아직 미숙하나 향후 소림을 대표할 아라한(阿羅漢)인 바, 절대 가벼이 여기지 말며, 최선을 다하라 하셨소."

설무백은 내심 고개를 끄덕였다.

자칫 오만하게 들릴 수 있는 말이지만, 그렇지가 않았다.

실로 충분히 인정할 수 있는 솔직한 말이었다.

지금의 경지가 어느 정도인지는 몰라도 향후 정각은 소림 제일인이 되는 사람인 것이다.

게다가 정각을 아라한이라고 호칭한 것도 매우 의미심장했다.

소림에서의 아라한은 불가에서 부르는 아라한과 사뭇 다르다.

세속에서서는 아라한을 그냥 줄여서 나한이라고도 하지만, 소림에서는 엄격히 구분해서 부른다.

소림에서의 아라한은 소림 고수들의 무공 연습실인 소림 삼십육방(少林三十六房)의 모든 수행을 완성한, 바로 그저 통과한 것이 아니라 완벽하게 깨닫고 터득한 무승을 뜻하기 때문이다.

불가에서는 번뇌를 완전히 끊어 내는 경지에 도달하려는 수행의 단계를 아라한향(阿羅漢向)이라 하고, 마침내 모든 번뇌를 끊어내서 더 이상 닦을 것이 없는 경지를 아라한과(阿羅漢果)라 하는데, 소림의 아라한은 그에 준해서 제자가, 즉 소림 무승인 나한이 도달할 수 있는 최고의 경지를 의미하는 것이다.

'재밌겠네.'

설무백은 절로 구미가 당기는 것을 느끼며 자신도 모르게 혀로 입술을 핥았다.

소림 무공의 강함은 그가 전생에서부터 익히 절감하고 있는 사항이었다.

쾌속영활(快速靈活), 유중대강(柔中帶剛)이며, 구유용맹(具有勇猛), 기지적풍격(機智的風格)이다.

즉, 빠르고, 신속하면서도 영활하며, 부드러움 속에 강이 스며있고. 용맹스러우면서도 지혜로운 품격이 담겨 있다.

이것이 바로 설무백이 아는 소림 무공의 진수였다.

그는 전생에서 그와 같은 소림 무공의 진수에 몇 번이나 당했던 적이 있었다.

그러다가 그는 문득 지금 자신이 싸움을 즐기는 사람처럼 생각하고 있다는 것을 깨달으며 내심 적잖게 놀랐다.

마치 자신이 무공을 처음 배우던 전생의 그 시절로 돌아간 것 같은 기분이 들어서 더욱 그랬다.

하필이면 강한 자만 보면 싸우고 싶어 하며, 실제로 어떻게든 시비를 걸어서라도 싸우고 말던 당시의 그때가 지금 그의 나이였던 것이다.

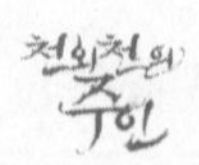

'역사는 어차피 돌고 돈다는 의미인 걸까?'

그럴 수도 있고, 아닐 수도 있다.

다만 그때 당시에 느끼던 두근거림이 지금의 그에게 일어나고 있다는 사실이 중요할 뿐이다.

죽음에서 환상한 이후부터 다시는 경험하지 못할 것 같은 감정이 되살아난 것이다.

이게 좋은 일일까, 아니면 나쁜 일일까?

분명한 것은 그리 나쁜 기분이 아니라는 사실이었다.

그리고 또한 분명한 것은 그에게 그런 감정을 되살아나게 할 정도로 지금 마주한 상대, 정각이 강하다는 뜻일 것이다.

설무백은 마음을 다잡고 두 손을 펼쳐서 공야무륵 등을 뒤로 물리며 정각을 향해 실로 마음에서 우러나오는 미소를 지어 보였다.

"시작해 볼까?"

정각이 성큼 앞으로 나섰다.

마의청년이 기다렸다는 뒤로 멀찌감치 물러나며 경고했다.

"조심하시오! 이건 본인의 충고요! 설 형이 크게 다치기라도 하면 왕야를 볼 면목이 없으니……!"

설무백은 속으로 웃으며 마주 대치한 정각을 향해 두 손을 펼쳐 보았다.

선수를 양보하겠으니, 마의청년의 말에 개의치 말고 얼마든지 편하게 공격하라는 의미였다.

정각이 정말 개의치 않고 공격했다.

아니, 애초에 정각은 그의 양보와 무관하게 선수를 준비하고 있었던 것 같았다.

피슝―!

정각이 두 손이 순간적으로 벌어지며 강궁을 쏘아 낸 듯한 소음을 일으켰다.

소림 비기 보리탄주였다.

설무백은 반사적으로 손을 내밀었다.

빠박―!

연속으로 쏘아진 보리탄주가 그의 손바닥을 강타하며 연기를 일으켰다.

쏘아 낸 염주가 가루로 화해서 흩어지는 것이다.

설무백은 그 순간에 측면으로 서너 장이나 이동해서 자리를 바꾸었다.

보리탄주를 펼친 직후, 기묘한 각도로 뻗어진 정각의 손가락이 그의 하반신을 가리키고 있음을 의식한 반응이었다.

그런데 늦었다.

타악―!

설무백의 발목에서 무지막지한 타격이 작렬했다.

찌르듯이 아픈 통증이 그의 뇌리로 직결되었다.

소림의 지공(指功)으로 일컫는 탄지신통(彈指神通)이었다.

설무백은 내심 적잖게 놀랐다.

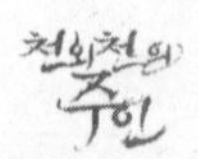

보리탄주가 소림외가 삼십육 종의 하나라면 탄지신통은 소림 내가 삼십육 종의 하나였다.

기실 소림의 무승은 내가나 외가를 구분하지 않고 수련하는 것이 기본이지만, 일정 부분 경지로 접어들게 되면 어쩔 수 없이 내가나 외가 중 하나를 선택해야 한다.

타고난 무재가 아니니 이상 그래야만이 상승의 경지를 노려볼 수 있기 때문이다.

그런데 지금 정각은 외가의 비기인 보리탄주는 물론, 내가의 비기인 탄지신통마저 사용했다.

그것도 두 가지 다 상승의 경지를 이루고 있었다.

그러나 설무백의 놀람은 거기서 끝나지 않았다.

발목을 타격한 탄지신통으로 인해 주춤하는 그의 면전에 정각의 신형이 나타나 있었다.

보리탄주와 탄지신통을 펼치고, 그 그림자를 따라 쇄도해 들어온 것이었다.

순간적으로 공간을 사르는 여래신보(如來神步)였다.

설무백은 돌진해 들어온 정각의 팔꿈치가 자신의 가슴팍 명문에 대어지는 것을 느끼며 빠르게 물러났다.

한순간 정각의 두 눈에 이채로운 빛이 스쳤다.

설무백이 탄지신통의 영향을 전혀 받지 않은 것처럼 기민하게 물러났기 때문일 것이다.

하지만 그것도 잠시, 정각의 발이 간발의 차이를 두고 무겁게 땅을 밟았다.

쿵–!

사람의 발자국 소리라고는 믿을 수 없을 정도로 육중한 소리가 울리며 정각이 발아래 땅이 움푹 파였다.

정각의 신형이 탄환으로 변해서 설무백의 면전으로 무섭게 쇄도했다.

설무백은 생각에 앞서 손이 먼저 나갔다.

본능적인 반응, 눈 깜짝할 사이에 시작된 육박전이었다.

'권각술이 장기인가?'

정각을 마주하는 순간에 설무백의 뇌리를 스친 생각이었다.

실로 그런 것 같았다.

설무백은 순식간에 자신의 가슴 아래로 파고드는 정각의 품새에서 결코 반격을 두려워하지 않는 자신감을 엿볼 수 있었다.

설무백은 찰나의 순간에 절로 찾아든 긴장을 즐겼다.

참으로 오랜만에 느끼는 호승심이었다.

과연 그럴 만도 한 것이, 소림의 권법은 자타가 공인하는 천하제일이었다.

아무리 설무백이라도 신중해야 했다.

어지간한 반격은 도리어 역공을 당해서 그가 피를 볼 수 있었다.

설무백은 그럼에도 불구하고 피하거나 물러나지 않았다.

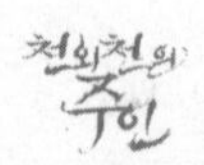

권법에 일가견이 있는 것은 아니지만, 몸으로 때우는 것이라면 그도 자신이 있었다.

정각이 그런 그의 생각을 아는지 모르는지 가슴에 손바닥을 대며 무릎을 쳐들었다.

엄청난 기운에 느껴지는 손짓과 발짓, 대력금강수(大力金剛手)에 이은 항마연환퇴(降魔連環腿)였다.

타닥-!

설무백은 본능처럼 측면으로 이동하며 정각의 손바닥을 내치고, 쳐들리는 발을 피했다.

츠르르릇-!

정각이 빙판을 미끄러지는 듯한 움직임으로 거머리처럼 그를 따라붙으며 연속해서 손발을 놀렸다.

쳐내고 휘둘러지는 그의 손과 발끝에서 달무리를 닮은 백색의 섬광이 연발했다.

대금룡수(大擒龍手)와 소림반선수(少林盤禪手), 선풍각(旋風脚)에 이은 무상각(無上脚)과 행자퇴(行者腿)가 연속해서 설무백의 가슴과 복부, 옆구리를 휩쓸었다.

타다다닥-!

설무백은 능히 자리를 물려서 피할 수 있음에도 피하지 않고 전력을 다해 마주 손발을 놀렸다.

찰나의 순간에 변화를 거듭하며 움직인 그의 손과 발이 방어와 역공을 취했다.

무상신보의 움직임 아래 무극신화강을 기본으로 막고, 치고, 때리고, 휘둘러지는 무극신화수의 절묘한 조화였다.

하지만 정각의 권각술이 그를 압도했다.

어느 정도 정각의 움직임을 따라가던 그의 손발은 이내 조금씩 뒤처지기 시작했다.

처음에는 열 번의 공격 중 아홉 번을 막고 한 번의 반격을 취할 수 있었는데, 점차 반격을 못하게 되었고, 이내 방어마저 제대로 못하며 타격을 허용하게 되었다.

정각의 움직임이, 공격을 가하는 그의 손발이 타격을 가할수록 가일층 빨라졌기 때문이다.

타다다닥-! 퍼벅-!

박빙이던 설무백과 정각의 공방이 완전히 한쪽으로 기울어졌다. 정각의 일방적인 공격과 설무백의 일방적인 방어였다. 그리고 이내 정각의 타격이 간헐적으로 설무백의 몸을 두드렸다.

설무백은 사력을 다하고 있었으나, 그게 다였다.

과연 권각술은 소림권의 정수를 익힌 정각이 그보다 한 수 더 윗길에 있었다.

분명 정해진 규칙에 따라 펼쳐지고 있을 텐데도 완전히 불규칙하게 느껴지도록 다양한 방법으로 이어지며 잠시도 쉬지 않고 소나기처럼 전신의 요혈에 퍼부어지는 정각의 권장지퇴(拳掌指腿)의 공격을 도저히 감당할 수가 없었다.

타다다다다닥-!

콩 볶는 소리와 같은 타격음이 꼬리를 물었다.

모종의 기공으로 강화된 정각의 오른쪽 주먹과 왼쪽 손바닥이 설무백의 가슴과 복부, 턱을 연속해서 노리고, 대각선으로 들린 오른쪽 무릎과 정강이, 발등이, 그 뒤를 따르는 왼쪽 무릎과 정강이, 발등이 설무백의 목과 관자놀이를 연속해서 두드렸다.

여래신수(如來神手)와 대력금강퇴(大力金剛腿)의 기력이 담긴 달마십팔수(達磨十八手)의 초식이었다.

설무백은 전력을 다해서 방어에 나섰으나, 절반 이상의 공격을 허용했다.

가슴을 치고 옆구리를 노리는 주먹과 무릎을 막으니, 복부와 허벅지로 들어오는 손과 발이 있었다.

턱과 목을 찌르는 한쪽의 수도(手刀)와 발등을 차단하자, 다른 쪽의 정강이과 발등이 관자놀이와 어깨를 치고 들어왔다.

설무백은 어쩔 수 없이 방어에 실패한 타격이 쌓이며 뒤로 밀려나기 시작했다.

이건 누가 봐도 정각의 완벽한 승기였다.

그러나 우습지 않게도 정작 그와 같은 대결이 이어지면 이어질수록 놀라고 당황하며 다급해지는 것은 일방적으로 방어하며 물러나는 설무백이 아니라 일방적으로 공격하며 다가서는 정각이었다.

정각의 그 어떤 공격도 설무백에게 아무런 충격을 주지 못하고 있었기 때문이다.

아니, 정확히 말하면 정각의 공격을 당하는 설무백이 너무나도 멀쩡한 까닭이었다.

어느 한순간, 멀찌감치 떨어져서 그들의 격돌을 구경하던 마의청년의 반신반의하는 의혹이 그와 같은 정각의 마음을 대신했다.

"금강불괴……?"

정각의 눈빛이 찰나지간 흔들렸다.

마의청년의 탄성에 반응을 보인 것을 터였다.

그러나 그와 무관하게 정각의 손발은 정교하게 맞물려 돌아가는 치차(輜車)처럼 한 치의 오차도 없이 애초의 목표인 설무백의 가슴과 턱, 관자놀이를 노리고 있었다.

'과연 소림권!'

설무백은 애써 턱과 관자놀이를 방어한 덕분에 여지없이 가슴에 일격을 당하며 못내 감탄했다.

실로 화려하고 현란하게 쏟아지는 정각의 권각에 밀리기 시작하며 이제 더 이상의 공방은 무리라는 결론이 내려지자, 그는 절로 감탄할 수밖에 없었다.

그럴 수밖에 없는 것이, 본디 설무백이 아는 소림 권법은 정교하면서도 단조로워 보이나 응용에서는 가히 변화무쌍하다는 장점을 가졌다.

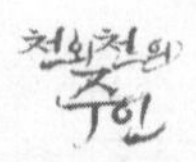

다만 기격(技擊)을 중시하기 때문에 일기가성(一氣呵成)이라 하여 공방(攻防)의 진퇴(進退)에서 우렁찬 고함을 동반한다.

이는 변화보다는 강(剛)이 주(主)가 되고, 중후한 내공의 반석 아래 묵직한 힘으로 용맹쾌속하게 움직이기 위한 소림 권법의 특징이자, 기본이었다.

그런데 정각은 그와 같은 소림 권법의 기본적인 특징을 벗어난 권각술을 펼치고 있었다.

공방의 진퇴에서 일말의 기합도 없다는 것은 차치하고, 권각술의 흐름 자체가 정해진 틀을 벗어나서 예상을 뛰어넘는 변칙의 연속이었다.

따져 보면 이랬다.

소림 권법의 공방은 무지막지한 외가기공을 익힌 육체를 기반으로 머리에서부터 시작해서 어깨, 팔꿈치, 주먹, 손바닥, 손가락, 엉덩이, 허벅지, 무릎, 정강이를 포함한 발, 그렇게 열 가지를 상호 결합하여 사용하며, 손이 앞서야, 눈이 따르고, 몸이 나아가야, 보법이 따르는 흐름이 기본이었다.

이는 머리와 가슴을 기준으로 어깨와 허벅지, 팔굽과 무릎, 손과 발의 움직임이 상호 협조하여 일치해야만 심의(心意), 의기(意氣), 기력(氣力)이 합일된다는 소림 권법의 극의에 기인한 정석인 것이다.

그러나 정각의 권각술은 달랐다.

적어도 설무백이 알고 있는 소림권의 기본과 정석과는 같지 않았다.

소림권의 기본과 정석을 위배하는 것 같지는 않았으나, 분명 어딘지 모르게 변칙이고 왠지 모르게 동떨어진 별세계는 움직임이 가미되어 있었다.

하물며 한 동작 한 수가 어지간한 고수의 공격도 감히 뚫지 못하는 설무백의 호신강기를 깨트리며 파고들 정도로 강력한 타격이었다.

이는 어쩌면 정각이 극고의 내공을 기반으로 기존의 소림권보다 한층 더 변화무쌍하고 보다 더 용맹 쾌속한 소림권을 펼치기 때문일지도 모른다.

설무백은 격돌의 와중에, 정확히는 밀리는 도중에 그와 같은 결론이 내려지자, 즉시 태세를 전환했다.

한순간 방어를 포기하고 소나기처럼 퍼부어지는 정각의 모든 공격을 육탄으로 감당하며 두 손을 길게 뻗어냈다.

거머리처럼 달라붙으며 떨어져 나가지 않는 정각을 그저 무지막지한 공력으로 밀어낸 것이다.

격돌한 이후 처음으로 전력을 다해서 펼친 무극신화수였다.

꽝-!

벽력과도 같은 폭음이 터지며 정각의 신형이 주르르 뒤로 밀려 나갔다.

권법가로서의 기량은 정각이 앞설지 모르나, 내공은 엄연히 설무백이 앞서는 것이다.

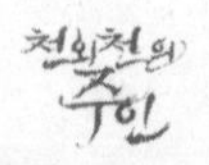

다만 정각은 그마저도 이미 예견하고 있었던 것 같았다.

충격을 받으며 물러난 정각이 이제 더는 감히 정면으로 맞서지 못하겠다는 듯 설무백을 기점으로 원을 그리며 돌았다.

순간, 정각의 신형이 엄청난 속도로 돌아가며 순식간에 아홉 개의 환영을 만들어 냈다.

그 모든 환영이 일제히 쌍장을 내밀어서 설무백을 공격했다.

무지막지한 장력의 폭사, 소림 내가 삼십육 종의 상위를 차지한 기공인 연대구품(蓮臺九品)이다.

꽝—!

벽력과도 같은 폭음이 터졌다.

지축이 흔들리며 장내의 공기가 우렁우렁 울며 사람들의 고막을 멍하게 만들었다.

주변의 수풀이 거칠게 쓸려 나가는 가운데, 마의청년과 공야무륵 등이 속절없이 뒤로 밀려나갔다.

그 와중에 드러난 정각은 아홉 개의 환영과 더불어 여전히 원을 그리며 허공에 떠 있고, 설무백은 거대한 웅덩이 속에 서 있었다.

정각의 연대구품이 만들어 놓은 웅덩이였다.

다만 설무백은 멀쩡했다.

그는 여전히 아홉 개의 분신으로 허공을 날며 자신을 바라보는 정각을 향해 히죽 웃어 주었다.

어느 것이 진짜고 어느 것이 가짜인지 알 수 없는 아홉 명의 정각이 그 순간 재차 설무백을 향해서 일제히 손을 내밀었다.

설무백이 이번에는 그대로 가만히 있지 않고 두 팔을 활짝 펼쳤다.

그의 전신이 백색의 광구처럼 변해서 엄청난 빛을 토해 내고 있었다.

무지막지한 내공으로 쏟아 낸 무극신화강의 폭사였다.

꽈꽝—!

벽력이 치고 뇌성이 울었다.

어지간한 무인도 감히 마주 바라볼 수 없는 엄청난 빛이 사방으로 폭사되었다.

주변의 수풀이 사방으로 쓸려 나가고, 아름드리나무가 뚝뚝 부러져 나가는 가운데, 허공에 떠 있던 정각의 분신이 거짓말처럼 소멸되며 하나의 정각으로 합쳐져서 추락했다.

"우욱!"

지상으로 곤두박질친 정각이 반사적으로 일어나다가 이내 허리를 반으로 접으며 왈칵 한 모금의 피를 토해 냈다.

크게 부릅떠진 두 눈과 힘줄이 불거진 이마, 악물린 어금니, 억세게 다물어진 입술 아래 미세한 경련을 일으키는 몸이 지금 그의 감정을 여실히 드러내고 있었다.

불신과 경악, 그리고 허무함이 더해진 절망이었다.

어느 순간이었는지 모르게 웅덩이를 벗어나서 그의 곁에 다

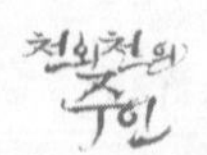

가선 설무백은 그 모습을 보고 냉소를 날렸다.

"확인이 아니라 잘난 척하며 위세를 부리려 했던 거냐?"

정각의 안색이 볼썽사납게 일그러졌다.

어느 틈에 달려온 마의청년이 그들의 사이로 끼어들며 사납게 설무백을 노려보았다.

"예의를 지켜 주시오! 승자의 아량이 고작 이 정도라면 참으로 실망이오!"

"정말 지랄도 가지가지네."

설무백은 한바탕 코웃음을 치고는 사나운 눈초리로 마의청년과 정각을 번갈아 보며 쏘아붙였다.

"언제까지 승자의 아량을 바라는 싸움을 할 텐가? 아니, 그에 앞서 세상에 그처럼 너그러운 적들만 있다고 생각하나? 세속 물정에 어두운 이 친구야 그렇다고 치고……."

비웃는 태도로 말꼬리를 흐린 설무백은 같잖은 언행에 비위가 뒤집혀서 구역질이 날 것 같다는 표정으로 마의청년을 바라보며 다그쳤다.

"당신도 정말 그렇게 생각하나? 그런 생각을 가지고 북평왕부의 일을 돕고 있다는 건가?"

마의청년이 꿀 먹은 벙어리로 변했다.

설무백은 그런 그의 태도에 아랑곳없이 매서운 눈초리로 정각을 쏘아보며 사나운 독설을 더했다.

"승자의 관용을 기대하지 마라. 결과를 겸허하게 받아들이지 못하는 패자는 결코 패배의 멍에를 벗어날 수 없음을 명심해라. 지금 너의 꼬락서니를 좀 봐라. 패배를 인정하기는커녕 현실을 부정하고 있다."

"……!"

"당연히 이겨야 하는데 졌다는 거겠지. 자신이 왜 졌는지도 모른다. 승복은 고사하고, 울컥해서 다시 덤빌 용기조차 내지 못하고 있다. 졌는데 다시 덤비는 건 또 부당하다고 생각하니까. 정말 어중간한 양심이지. 그런 네가 진정 소림의 아라한인 거냐?"

설무백의 매우 심하게 말하고 있었다.

사실을 말하자면 이게 그의 배려였다.

그는 지금 정각이 이대로 무너지지 않고 다시 일어서기를 바라고 있었다.

그런 그의 뜻이 통한 것일까?

마의청년이 반박의 여지가 없다는 듯이 그의 시선을 외면하는 가운데, 좌절하고 절망에 빠져 허우적대던 정각의 두 눈에 빛이 일어났다.

설무백의 독설이 그의 머리를 호되게 때리고 폐부를 찔려서 정신을 차리게 만든 것 같았다.

설무백은 그런 정각의 변화에 득의한 속내를 애써 감추고, 오히려 더 매섭게 정각을 노려보며 애초에 생각해 둔 마지막 충고를 더했다.

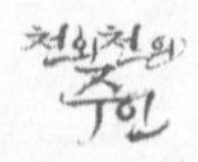

"정각, 내 말을 절대 잊지 마라! 머지않아 그런 자들이 소림을 노릴 거다! 승자의 관용으로 네 목을 베고, 소림을 불태우며 웃는 자들이 나타날 거다! 네가 그때도 지금과 같다면 소림의 역사는 거기서 끝이다!"

정각은 대답 대신 불같이 타오르는 눈빛으로 설무백을 바라보며 몸을 떨었다.

분노와 의혹, 경악이 버무려진 감정의 회오(悔悟)였다.

그 상태로, 그가 불쑥 말문을 열었다.

놀랍게도 묵언 수행을 깨 버린 것이다.

"궁금한 것이 있소. 귀공이 전력을 다했다면 소승이 몇 수를 버틸 수 있었겠소?"

설무백은 추호도 망설이지 않고 대답했다.

"일초반식(一招半式)!"

정각이 부르르 진저리를 쳤다.

경악과 불신을 넘어선 감정의 폭풍으로 보였으나, 그는 끝내 억누르며 참고 있었다.

대신 마의청년이 참지 못하고 발끈했다.

"무슨 그런 말도 안 되는……!"

설무백은 특유의 미온한 미소를 입가에 드리우며 마의청년이 아닌 정각을 향해 말했다.

"더 말도 안 되는 얘기를 해 줄까? 이런 나도 여기 소림을 노린 자들의 정예 둘은 감당할 수 없을 거다."

"……!"

정각이 새삼 몸서리를 쳤다.

설무백은 특유의 미온한 미소를 지은 채 아무렇지도 않게 충고를 더했다.

"개미는 자신의 여왕을 손톱으로 눌러 툭 터트려 죽일 수 있는 사람이라는 존재가 있다는 것을 모른다. 지금의 너희들처럼!"

그는 무심하게 돌아서며 말을 덧붙였다.

"그러니까 준비해. 손톱에 눌려서 툭 터져 죽고 싶지 않으면."

번천翻天 (5)

정각은 그저 고개를 숙인 채 돌아서는 설무백을 잡지 않았다.

마의청년도 의미심장한 눈빛이 더해진 황당한 기색을 드러낼 뿐, 설무백을 그대로 두었다.

설무백은 그렇게 숭산 소실봉의 산자락을 벗어나서 서쪽으로 향하는 관도에 올라섰다.

풍잔으로 방향을 잡은 것이다.

그렇게 관도를 거슬러서 얼마나 걸어갔을까?

동녘이 밝아 오며 어스름 빛이 대지를 비추기 시작하는 것을 봐서 얼추 한 시진은 걸었을 터였다.

암중에서 따르던 백영이 불쑥 물었다.

"정각이라는 녀석 보통이 아니던데, 일초반식은 너무 과장이 심한 것 아닌가요?"

지금의 백영은 두 개의 자아 중 백가환이었다.

설무백은 이제 말투만 듣고도 쉽게 그들을 구분해 낼 수 있었다. 같은 목소리라도 억양과 어감이 전혀 달랐다.

"아닌데?"

설무백이 대답하기도 전에 보란 듯이 그의 그림자에서 빠져나온 요미가 대답했다.

"내가 보기엔 반식(半式)도 배려던데?"

암중의 백영이 어이없다는 듯 코웃음을 쳤다.

"네가 뭘 안다고 그래."

요미가 빙글거리는 얼굴로 지근거리의 나무 숲속 그늘을 바라보았다. 그녀는 고도의 은신술을 펼치고 있는 백영의 위치를 정확히 꿰고 있었다.

"내가 그래서 너는 아직 멀었다는 거야. 실력은 고사하고 보는 눈이 없어서."

암중의 백영이 쏘아붙였다.

"그러는 너는 제대로 봤다는 거냐!"

요미의 시선이 지근거리의 나무 숲속 그늘에서 대여섯 장가량 떨어진 아름드리나무로 바뀌었다.

암중의 백영이 그쪽으로 위치를 이동했고, 그녀는 그걸 간파하고 시선을 돌린 것이다.

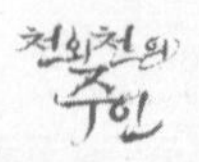

모습을 드러내지 않은 채로 순식간에 대여섯 장이나 이동한 백영의 실력도 놀랐지만, 그걸 대번에 간파한 요미의 능력도 참으로 대단했다.

"당연하지. 내가 너 같은 어스래기와 같은 줄 알아?"

요미가 그 와중에 대답하고 부연했다.

"주군 오빠는 그 까까중과 싸울 때 내내 방어만 하다가 마지막에 딱 한 번 공격했어. 그래서 반식은 배려였다는 거야. 공격하기 직전에 그 까까중을 밀어냈잖아. 그게 가까이서 당하면 정말 크게 다칠 수도 있으니까 밀어난 거라고. 이제 알겠냐?"

"……!"

암중의 백영이 대답하지 않고 침묵했다.

그도 이제야 요미의 말이 옳다는 것을 느낀 모양이었다.

하지만 끝내 그냥 지기는 싫은지 설무백에게 확인을 요구했다.

"저 계집애 말이 사실입니까?"

요미가 발끈했다.

"저게 어때대고 계집이야!"

암중의 백영이 이거라도 지지 않으려는 듯 천연덕스럽게 대꾸했다.

"네가 계집이지, 그럼 사내냐?"

그러나 요미가 한 수 위였다.

"사내새끼가 쪼잔하긴. 알았다, 그래. 이 누나가 너그럽게 참아 주마."

"뭐? 누, 누나……?"

백영이 역으로 화가 나서 말을 더듬었다.

보지 않아도 분해서 게거품을 무는 모습이 눈에 선했다.

설무백은 특유의 미온한 미소를 지으며 나섰다.

"관둬. 일초면 어떻고, 백초, 천초면 또 무슨 상관이야. 다른 사람 말고, 너희들 걱정이나 해. 지금 여기서 정각하고 제대로 싸울 수 있는 사람은 고작 둘밖에 없으니까."

요미가 빙그레 웃으며 손을 뺨에 대고 예쁜 척을 했다.

"그중의 하나는 분명 저겠죠?"

설무백은 대뜸 요미의 머리를 아프게 쥐어박았다.

"넌 그중의 하나가 아니라 가장 꼴찌야."

요미가 머리보다는 마음의 상처가 더 큰지 발딱 고개를 쳐들며 따졌다.

"말도 안 돼요! 어째서요?"

설무백은 짐짓 사나운 눈초리로 면박을 주며 한 대 더 치려고 손을 쳐들었다.

요미가 그제야 재빨리 자라목을 하며 두 손으로 머리를 감쌌다.

설무백은 그 모습이 귀여워서 픽 웃고는 쳐들었던 손을 그냥 내리며 설명했다.

"네가 약해서가 아니야. 너와 그가 상극(相剋)이라서 그래.

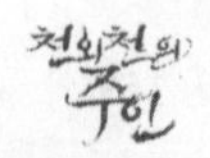

즉, 네가 익힌 전진사가와 전진마가의 절기는 불가의 법력이 녹아든 소림무상신공(少林無上神功)아래 펼치는 정각의 무공과 상극인데, 지금으로서는 그의 경지가 너를 앞서고 있는 거다."

"쳇!"

요미가 반박을 못하고 혀를 차며 물러났다.

사실 그녀도 설무백과 정각의 대결을 지켜보며 그와 같은 생각을 했기 때문이다. 정확히 이거다 하고 말할 수는 없지만, 그녀의 무공은 정각의 무공에게 취약했다.

그녀는 정각이 펼치는 무공에서 그런 느낌을 주는 기백을 느낄 수 있었다.

그게 자신이 지옥에 가더라도 기필코 손을 써서 나찰과 악귀들을 비롯한 사마외도(邪魔外道) 등, 어리석은 중생을 계도하고야 말겠다는 불가의 근본이요, 정의와 선(善)에 대한 확고한 신념으로 무장한 무량(無量)의 자비일지도 모른다.

성난 호랑이처럼 사나우면서 깃털처럼 가볍고 구름처럼 부드러운 기풍을 내포한 정각의 기세와 기백을 보자, 그녀는 일단 마주치지 말고 물러나야 한다는 기분이 들었었던 것이다.

설무백은 슬쩍 요미의 기색을 보고 그런 마음을 읽고는 피식 웃으며 말을 덧붙였다.

"내가 보기에 정각은 무승이면서도 선승의 공부인 불가육통(佛家六通)에 정통한 것 같다."

불경(佛經)에 의하면 득도한 부처, 즉 여래(如來)는 여섯 가지

훌륭한 능력을 가진다고 한다.

불가에서는 이를 불가육통 혹은 육신통(六神通)이라고 부르는데, 신족통(神足通), 천이통(天耳通), 타심통(他心通), 숙명통(宿命通), 천안통(天眼通), 누진통(漏盡通)이 바로 그것이다.

무공이 아니라 선법(禪法)에서 파생된 일종의 신통술(神通術)인 이 여섯 가지 능력을 부연하면 이렇다.

신족통은 일종의 분신술처럼 자신의 몸을 여러 개로 늘릴 수 있으며, 은신술처럼 자신의 몸을 마음대로 숨길 수도 있고, 벽이나 산을 넘나들거나 땅속과 물속, 공중까지도 마음대로 다닐 수 있는 극상의 경신술과도 같은 능력이다.

천이통은 얻기만 하면 말 그대로 천상의 소리까지도 들을 수 있는 능력이다.

타심통은 다른 사람의 마음을 읽을 수 있는 능력인데, 자신보다 법력이 높은 사람의 마음은 읽을 수 없는 제한이 있다고 한다.

숙명통은 사람의 지난 업(業)과 인과(因果)를 알 수 있는 능력이다.

천안통은 사람의 업과 인과를 내다볼 수 있는 능력이다.

누진통은 번뇌가 완전히 없어지는 능력으로 달리 표현하면 해탈이라고 말할 수도 있는 것이다.

이렇게 여섯 가지의 능력을 바로 불가육통 또는 육신통이라고 하는데, 기실 이 능력들은 불가에서 바라는 수행의 목적이

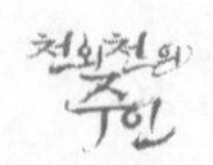

아니다.

불가에서는 오히려 누진통을 제외한 나머지 오신통(五神通)은 깨달음에 방해가 된다고 해서 비록 우연찮게 얻더라도 가급적 사용하지 말라고 가르친다.

이는 누진통을 제외한 나머지 오신통은 불가만이 아니라 사마외도의 무리도 능히 얻을 수 있는 것이고, 그것은 다시 말해서 누진통을 얻지 못한 불가의 제자들은 비록 오신통을 얻는다 해도 끝내 세속의 번뇌를 끊지 못하고 얼마든지 사마외도에 빠질 수도 있기 때문이다.

아마도 그 때문일 것이다.

설무백의 설명이 끝나기 무섭게 좀처럼 나서지 않는 흑영이 끼어들었다.

"하면, 그 정각 스님이 여의자(如意子)란 말씀이십니까?"

여의자란 누진통을 불가육통의 능력을 모두 깨우치고 해탈한 사람에게 붙이는 이름이었다.

흑영은 오랜 시간동안 홀로 나름의 도(道)를 추구하던 검산의 즉, 태산파의 제자로서 그쪽 방면에 관심이 지대하고, 지식도 상당한 것이다.

"그럴 리가 있나."

설무백은 대수롭지 않게 고개를 저으며 말했다.

"세속의 번뇌와 속박에서 벗어나서 근심이 없는 편안한 심경에 이르러 해탈한 여의자는 오직 이승의 굴레를 벗고 열반(涅

槃)에 든 사람밖에 없다는 것이 불가의 정설이야. 발타 선사나 보리 달마도 생전에는 그 지경에 이르지 못했다는데, 감히 누가? 말도 안 된다."

"……."

흑영이 조용히 입을 다문 가운데, 이번에는 요미가 오만상을 찡그리며 나섰다.

"주군 오빠가 방금 전에 분명히 그 까까중이 불가육통에 정통한 것 같다고 했잖아요?"

설무백은 대수롭지 않게 대꾸했다.

"그랬지. 확실히 불가육통에 대해서 정확하고 깊이 있는 지식을 가지고 있었어. 제법 뛰어난 경지에 오른 듯도 보였고. 그 말이 뭐가 어쨌다고?"

요미의 얼굴이 허탈하게 변했다.

"그 말이 그 말이었어요?"

설무백은 이제야 전에 없이 나선 흑영과 오만상을 찡그리며 바라보다가 허탈해 하는 요미의 태도를 납득하고는 내심 고소를 금치 못했다.

"정말 그랬다면 내가 졌겠지."

실로 진심이었다.

사실 설무백은 그동안 불가의 육신통이라는 것은 전부 다 광신도의 억지처럼 과장된 신앙의 산물에 지나지 않는다고, 그야말로 어불성설(語不成說)이라고 치부했었다.

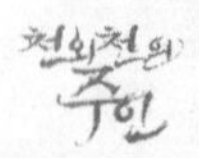

그런데 정각과의 싸움으로 인해 그와 같은 그의 생각이 완전히 바뀌었다.

분명 정확히 보고 반응했는데도 그는 제대로 막지 못한 공격이 많았다.

반응이 늦어서가 아니었다.

정각이 그가 미처 방어하지 못할 사각만을 정확히 노린 결과였다. 그리고 그건 아무리 생각해도 정각이 그의 생각을 최소한 절반 이상은 읽어야 가능하다는 것이 그의 결론이었다.

불가의 육신통은 있는 것이다.

비록 완전한 불가해의 능력이 아니라 약간의 과장이 덧씌워져 있다는 생각까지 버릴 수는 없지만 말이다.

"다만 여의자는 아니라도 얼추 현자(賢者)부근까지는 도달하지 않았나 싶더군. 내 생각을 절반 이상 읽지 않고는 내가 미처 반응하기 어려운 사각을 노린다는 것은 불가능하니까."

불가에서는 육신통 중 천안통과 천이통, 타심통, 이렇게 세 가지 신통력을 갖춘 사람은 혜안이 크게 밝으므로 현자라 부른다고 한다.

설무백은 불가육통만 놓고 보면 정각이 그 정도의 깨달음을 얻은 사람이라고 보는 것이다.

요미가 새삼 납득하는 사람처럼 고개를 끄덕이는 그를 유심히 쳐다보고 있다가 불쑥 물었다.

"제가 그 까까중을 넘어서려면 어떻게 해야 하죠?"

설무백은 상념에서 벗어나서 요미를 마주하고는 새삼 고소를 금치 못했다.

아무래도 그의 말이 요미의 호승심에 불을 지른 것 같았다.

그녀의 눈빛이 승부욕으로 이글이글 타오르고 있었다.

'바람직한 일이네.'

설무백은 자신의 주변에 있는 모두가 강해지길 바랐다.

적을 상대하기 위해서가 아니라 그들이 죽는 모습을 보고 싶지 않았기 때문이다.

내심 그런 생각을 하며, 그는 말했다.

"그보다 강해지는 방법은 나도 몰라. 지금 내가 무슨 말을 해도 네가 수련한 만큼 그도 수련한다면 고작 제자리걸음에 불과할 테니까. 대신 지금보다 강해질 수 있는 방법이라면 말해 줄 수 있지."

요미가 말했다.

"좋아요. 그거라도 말해 줘요."

이에 설무백은 답해 주었다.

"아주 간단해. 자신이 가실 수 있는 능력에 한계를 두지 않고 수련하면 돼."

요미가 오만상을 찡그렸다.

"지금도 그렇게 하고 있어요. 저는 여태 제 능력에 한계를 두고 수련한 적이 한 번도 없어요."

"그럼 됐네."

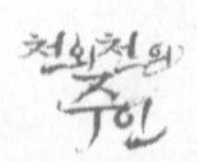

설무백은 픽 웃으며 잘라 말했다.

"강해지겠네."

요미가 이거 기분이 좋아야 할지 말아야 할지 모르겠다는 표정으로 입맛을 다셨다.

그때 암중의 혈영이 말했다.

"재밌는 녀석들이 나타났습니다."

혈영의 보고는 매우 빠른 편이었다.

그래서 재밌는 녀석들은 그가 보고한 다음에 오십여 장이나 더 가다가 만날 수 있었다.

다들 홍두깨만 한 방망이에 수십 개의 못을 거꾸로 박아 놓은 거치 봉(鋸齒棒)을 어깨 걸친 십여 명의 흉한들이었다.

거치 봉과 상관없이 하나같이 알고 보면 정말 무서운 사람이라고 이마에 써 붙인 것처럼 험상궂은 사내들이기도 했다.

산자락을 지나는 관도니 산적이라면 산적이고 떼강도라면 떼강도인 그들 중에서 한쪽 눈가를 가로지른 진한 칼자국으로 인해 가장 험악하게 생겨먹은 사내 하나가 건들건들 앞으로 나서며 누런 이를 드러냈다.

"야, 거기 너희들! 좋게 말할 때 속곳까지 죄다 벗어서 바닥에 내려놓고 옆으로 물러나라. 안 그러면 대가리를 박살 내서 죽이고, 순순히 그러면…… 흐흐, 아픔을 느낄 사이도 없이 한 방에 죽여주겠다. 자, 자. 시간 없다! 빨리 선택해라!"

'이건 뭐지?'

설무백은 어리둥절했다.
대체 이건 무슨 상황일까?
여기는 천하의 소림사가 자리한 숭산에서 고작 한 시진밖에 안 떨어진 지역이었다.
그런데 도대체 왜 여기 이 자리에서 이런 일이 벌어질 수 있단 말인가?
상식적으로 벌어질 수 없는 일이 벌어진 것이다.
그러나 그의 곁에는 상식이니 뭐니 이런 거 저런 거 따지기에 앞서 움직이는 행동파가 하나 있었다.
공야무륵이었다.
다들 설무백의 눈치를, 정확히는 지시를 기다리는 사이, 그는 도끼 하나를 뽑아 들며 앞으로 나섰다.
선두의 칼자국 사내가 히죽 웃으며 어깨에 걸치고 있던 거치 봉을 흔들어 보였다.
걸리기만 하면 살점이 찢겨 나가서 죽지 않고는 못 배길 거라는 위협이었다.
"아쭈? 한번 해보겠다 이거냐?"
칼자국 사내는 얼굴의 칼자국이 아니더라도 사람깨나 죽여 본 흉한으로 보였다.
제법 시퍼런 살기가 흐르는 불그죽죽한 눈빛이 그것을 말해주고 있었다.
그러나 사람을 보는 눈은커녕 눈치도 없었다.

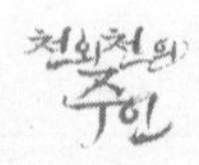

수중의 도끼를 늘어트린 채 무심하게 쳐다보는 공야무륵을 우습다는 듯이 바라보고 있었다.

공야무륵이 그 순간에 앞으로 튀어나가며 도끼를 휘둘렀다.

"헉!"

칼자국 사내가 그제야 놀라서 수중의 거치 봉을 내밀었으나, 전혀 소용없는 짓이었다.

퍽―!

둔탁한 소음이 울리며 거치 봉과 칼자국 사내의 목이 동시에 잘려져 나갔다.

뒤늦게 뿜어진 핏물이 허공에 뿌려졌다.

머리를 잃은 칼자국 사내의 몸이 그제야 썩은 통나무처럼 옆으로 기울어지고 있었다.

공야무륵은 그사이 기겁해서 비명도 지르지 못한 채 두 눈만 크게 뜨고 있는 사내들 사이로 뛰어들며 수중의 도끼를 바람개비처럼 휘돌렸다.

타다닥―!

순식간에 대여섯 개의 머리가 오이꼭지처럼 따져서 공중으로 떠올랐다.

다들 비명조차 지를 수 없는 즉사였다.

한순간에 두목이 죽고, 대여섯 개나 되는 동료의 머리가 공중으로 떠오르는 모습이 지나치게 비현실적이라서 그랬는지 내내 장승처럼 꼼짝도 못하고 서 있던 사내들이 뒤늦게 비명을 지르며 정신을 차리며 사방으로 도망치기 시작했다.

"으악!"

"으아악!"

공야무륵이 걸음아 나 살려라 하며 도주하는 사내들을 쓸어보며 도끼를 허리에 갈무리했다.

마음만 먹으면 얼마든지 도주하는 사내들 전부 다 잡아 죽일 수 있는 그였으나, 거기까지는 생각하지 않은 것 같았다.

제아무리 단순하고 직접적인 성격이라 말보다 주먹이 앞서는 그라도 상대가 무공의 무자도 모르는 얼뜨기들이라는 것을 안 이상, 그렇게까지 독하게 손을 쓰고 싶지는 않았던 것이다.

그때 허공에서 모습을 드러낸 혈영이 새처럼 날아가서 도주하는 사내 하나의 뒷덜미를 낚아챘다.

"물어볼 것이 있으신 것 같아서……."

혈영이 질질 끌고 온 사내를 설무백 앞에 무릎 꿇리며 건넨 말이었다.

사실이었다.

설무백은 벌벌 떨며 눈치를 보는 사내를 향해 물었다.

"소속이 어디냐?"

"……?"

사내가 안절부절못하며 주변의 눈치를 보다가 뒤늦게 대답했다.

"그, 그런 거 없는뎁쇼. 저는 그저 낭인(浪人)인데, 일거리를

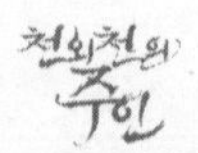

찾아 남쪽으로 가던 중에 노자가 떨어져서 때마침 대장을……
아니, 저기, 저 박포(朴苞)라는 자의 꼬임에 넘어가 그만…….”

기존의 녹림도나 마적이 아니라는 소리였다.

아무래도 일거리를 찾자 떠도는 낭인들이 뭉쳐서 잠시 강도짓을 한 것 같았다.

'세월이 하수상하면 녹림처사(綠林處士)만 늘어난다고 하더니……!'

절로 한숨을 내쉰 설무백은 짐짓 사나운 눈초리로 사내에게 면박을 주었다.

"꼬임이고 자시고 간에 할 지랄이 없어서 그래 강도질이냐!"

사내가 넙죽 엎드리며 두 손 모아 빌었다.

"한두 건만 하려고 했습니다! 그 정도면 대장 아니, 저 박포의 말해 준 천사교의 처사(處士)가 되기 위한 상납금으로 충분히 모일 것 같아서 그만……! 정말입니다!"

'어라?'

설무백은 예기치 않게 돌아온 대답에 놀라서 절로 안색이 변했다.

"뭐라고? 천사교의 처사가 되기 위한 상납금이라니, 그게 무슨 소리야?"

사내가 자신이 무슨 잘못을 한 건가 두려운지 움찔하며 입을 다물었다.

옆에서 시켜 보던 공야무륵이 눈을 부라리며 도끼를 꺼내들었다.

사내가 재빨리 말했다.

"그, 그게, 그러니까, 천사교에서 일반 교인들을 관리할 처사를 모집하는데, 약간의 무공과 일정 금액을 상납하면 됩니다. 잘은 모르지만, 저 박포의 말에 따르면 그게 알려진 지가 꽤나 됐다고 하는데, 모르십니까?"

설무백은 한 방 맞은 기분을 느끼며 물었다.

"그들, 천사교의 교단이 어디에 있는지도 아나?"

사내가 곤혹스러운 표정을 지었다.

"그건 제가 잘 모릅니다. 우리 다 박포 저 사람의 말을 듣고 나선 거라……."

설무백은 머리가 떨어져 나간 박포의 주검을 일별하며 공야무륵에게 시선을 주었다.

공야무륵이 제 발 저린 도둑처럼 머쓱하게 뒷머리를 긁적이며 변명했다.

"그게, 이제 필요하다면 더 이상 살수를 망설이지 말라고 하셔서……."

설무백은 어련하겠냐는 듯 가만히 고개를 끄덕이며 말했다.

"그래도 말은 하고 나서자. 전에도 너는 망설이지 않는 편이었으니까."

공야무륵이 부동자세를 취하며 힘주어 대답했다.

"옙! 알겠습니다!"

설무백은 더는 추궁하지 않고 공야무륵을 외면하며 잠시 생각에 잠겼다.

천사교가 예상보다 더 빠른 행보를 보이고 있어서 마음이 편치 않았다.

정확히는 천사교가 예상보다 더 빠른 행보를 보이는 것은 문제가 아닌데, 그것이 그들만의 움직임인지 아니면 다른 노림수를 가진 배후의 수작인지를 알 수가 없어서 마음이 무거웠다.

'결국 더 기다려 볼 수밖에 없는 건가?'

다른 방법이 없었다.

일단은 풍잔으로 돌아가서 추의를 살펴보는 것만이 이번 일이 천사교의 행태가 독단인지 아니면 배후가 있는 것인지 제대로 파악할 수 있을 터였다.

설무백은 일단 그렇게 작심하고 나서 자리를 뜨려다가 이내 주변을 둘러보고는 공야무륵에게 시선을 주었다.

기실 그는 앞서 공야무륵이 사내들을 향해 나아가는 모습을 보다가 본의 아니게 전날 소림에서 사대 금강을 막아선 공야무륵의 모습을 상기하며 생각난 것이 있었기 때문이다.

오래전부터 그가 느끼고 있었던 건데, 공야무륵이 방금처럼 자신보다 하수들을 상대할 때와 소림의 사대 금강처럼 자신과 비등한 고수를 상대할 때 드러나는 신위의 차이가 매우 크다는 것이 그것이었다.

공야무륵은 자신보다 하수를 상대할 때는 엄청난 신위를 발휘하지만, 상대적으로 자신보다 고수를 상대할 때는, 하다못해 자신과 비등한 상대만 만나도 자신의 실력을 제대로 발휘하지 못하는 경우가 흔했다.

그리고 그것은 경신술로 인한 차이라는 것이 설무백의 판단이었다.

설무백은 그래서 내친김에 그 부분을 살펴 주려고 죽은 자들을 피해서 자리를 옮기려 했는데, 살펴보니 지금의 장소가 적당한 것 같아서 그만둔 것이었다.

공야무륵이 그런 그의 태도를 보더니 물었다.

"무슨 분부라도……?"

설무백은 대답 대신 바닥에 엎드린 채 바들바들 떨고 있는 사내를 일별하며 혈영에게 지시했다.

"여기서 잠시 볼일이 있으니까, 저 친구 좀 어떻게 처리해 봐."

이것저것 생각이 많아져서 머리가 복잡하면 간단한 일도 어렵게 느껴지는 법이다.

지금 설무백이 그런 것 같았다.

혈영은 그의 명령을 한마디로 처리했다.

"꺼져라!"

사내가 기다렸다는 듯 벌떡 일어나서 후다닥 사라졌다.

설무백은 멋쩍게 웃는 낯으로 입맛을 다시고는 얼추 서너

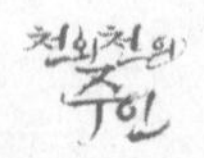

장가량 뒤로 물러나서 한 손을 앞으로 내밀며 혈영을 향해 말했다.

"내 손을 표적에 두고 전력을 다해서 다가서 봐."

혈영이 왜 그러는지 모르겠다는 듯 고개를 갸웃하면서도 일언반구 질문 없이 그대로 쇄도해 들었다.

설무백은 한순간 옆으로 미끄러져서 자리를 이동했다.

절정에 달한 무상신보였다.

취리릿-!

적당히 수위를 조절한 운신임에도 불구하고 설무백의 신형이 가히 섬전과 같은 속도로 자리를 바꾸었다.

본래의 자리에서 흐려지며 사라지는 설무백의 모습과 이동한 자리에서 진해지며 나타나는 설무백의 모습이 동시에 나타나고 있었다.

혈영이 감히 따라잡지 못하고 연거푸 헛손질을 했다.

설무백은 화를 내며 소리쳤다.

"전력을 다하라고 했다!"

혈영이 한층 더 빠른 속도를 내서 설무백을 따라갔다.

그는 상대가 설무백이라 명령을 듣고도 감히 전력을 다하지 않았던 것이다.

과연 이번의 그는 설무백을 따라잡았다.

간발의 차이로 자리를 이동하려는 설무백의 손바닥에 그의 손이 닿았다.

설무백은 피식 웃으며 말했다.

"뇌격마귀(雷擊魔鬼)의 장기인 뇌격전신(雷擊電身)이 어느새 칠성의 경지라니, 그간 놀진 않았군."

혈영이 급히 손을 내리며 고개를 숙였다.

"다 주군의 덕분입니다."

"낯간지러워서 죽을지도 모르니, 제발 그런 소리 마라."

설무백은 정말이지 온몸이 다 근질거린다는 듯이 몸서리를 치고는 이번에는 공야무륵을 향해 손짓했다.

"이번엔 공야무륵, 너다. 어떻게 하는지 봤지?"

공야무륵이 언제나처럼 무덤덤하게 고개를 끄덕이면서도 눈빛만큼은 예리하게 변했다.

알게 모르게 혈영과 그는 경쟁하는 구도가 되었다.

이익고!

쿵-!

무지막지하게 지면을 박차는 소리가 울리며 공야무륵의 신형이 설무백을 향해 탄환처럼 쏘아졌다.

혈영과 달리 처음부터 전력을 다하는 듯 상당한 속도였다.

다만 설무백은 이미 그 자리를 벗어나서 서너 장가량 떨어진 측면으로 이동한 후였다.

공야무륵이 헛손질로 휘청거리다가 한순간 방향을 바꾸어서 설무백을 따라갔다.

설무백은 다시금 자리를 이동했고, 공야무륵은 중도에 방향을 틀어서 추격했다.

그러나 두 사람의 간격은 좀처럼 가까워지지 않았다.

설무백이 혈영을 상대할 때보다 수위를 높여서가 아니었다.

공야무륵의 경신술이 혈영의 그것에 비교해서 부족하다는 것이 명박하게 드러나고 있을 뿐이었다.

시간이 얼마나 흘러갔을까?

설무백은 문득 멈추었다.

힘겹게 따라붙던 공야무륵이 그제야 그를 따라잡았으나, 표적인 그의 손바닥에 자신의 손을 대지 않고 그냥 섰다.

우둔하게 보일 정도로 무딘 성정의 그도 분함을 느끼는 듯 어금니를 악물고 있었다.

설무백은 그런 공야무륵을 무심하게 바라보며 말했다.

"뭐가 부족한지 알겠지?"

공야무륵이 힘없이 고개를 숙였다.

"죄송합니다."

설무백은 자못 매섭게 질타했다.

"죄송하다고 하면 다가 아냐! 부족하면 채워야지!"

그리고는 품에서 손바닥 크기의 작은 책자 하나를 꺼내서 공야무륵에게 내밀었다.

공야무륵이 얼떨결에 받아 든 그 책자의 표지를 확인하고는 두 눈이 휘둥그레졌다.

책자의 표지에는 전설의 이름이 적혀 있었다.

다라제칠경 무량속보가 바로 그것이었다.

설무백은 전날 미륵불이라는 포대화상 조각의 몸속에서 나온 무공도보를, 바로 천마십삼보와 더불어 강호 무림의 양대 전설인 다라십삼경의 하나인 다라제칠경 무량속보를 그간 틈틈이 책자에 옮겨 적어 놓았고, 지금 그걸 공야무륵에게 전해준 것이었다.

"이, 이건……?"

공야무륵은 감히 제대로 말도 하지 못했다.

어지간한 상황에도 눈 하나 깜짝하지 않는 그도 이번에는 놀라지 않을 수 없는 것이다.

강호 무림의 무인이 다라십삼경의 전설을 마주한다는 것은 그만큼 엄청난 충격이요, 경이였기 때문이다.

설무백은 그런 공야무륵의 반응을 아무렇지도 않게 외면하고 돌아서며 말했다.

"당분간 풍잔을 떠나지 않을 테니, 농땡이 피우지 말고 제대로 익혀."

번천翻天 (6)

중원은 넓고 자연의 조화는 심오해서 같은 시간대라도 전혀 다른 분위기를 연출하는 지역이 적지 않다.

북평의 외곽에 자리한 그런 지역 중 하나였다.

엄연히 새벽이 깨어나서 아침이 밝았음에도 설무백 일행이 있던 관도와 달리 여전히 어둡고, 눅눅해서 음침한 분위기가 깔린 지역이었다.

산등성이가 겹치고, 높이 자란 아름드리나무가 숲을 이루며 하늘을 가린 골짜기의 내부였다.

특이하게도 샘물이 넘쳐서 개울을 만들기 시작하는 그 깊은 골짜기 안에 마치 녹림산채처럼 높은 목책이 드넓게 포진해 있고, 목책 안에는 통나무로 지은 산장이 자리 잡고 있었다.

바로 그 산장의 내부, 은밀함이 느껴지는 대청이었다.

은밀함의 근원은 어둠이었다.

산장의 밖도 어두웠지만, 산장의 안인 대청은 그보다 더 어두웠다.

창마다 드리워진 두꺼운 휘장이 대청을 바깥 세계와 완전히 단절시켜 놓았기 때문이다.

다만 대청의 중앙은 그나마 빛이 있었다.

용봉이 조각된 우아한 팔선탁(八仙桌)에 놓인 굵은 홍촉(紅燭) 하나가 은은하게 발하는 빛이었다.

어디선가 향을 피우는지 은은한 향기가 감도는 그곳, 대청의 팔선탁에는 선풍도골의 노인 하나가 그림같이 앉아서 찻잔을 기울이고 있고, 그 옆 바닥에는 무릎을 꿇은 채 머리를 조아린 사람 하나가 있었다.

바닥에 꿇어 엎드려 있는 사람의 복장은 상인 같기도 하고 유생 같기도 했다.

머리를 숙이고 있어서 얼굴은 확인할 수 없었지만, 건장한 체구가 어쩌면 무인일 수도 있다는 느낌도 주었다.

대체 언제부터 그러고 있었는지는 몰라도, 한 사람은 의자에 앉아 있고 다른 한 사람은 바닥에 무릎 꿇고 엎드려서 머리를 조아리고 있으니 상황은 불을 보듯 명확했다.

무언가 잘못을 한 사람이 바닥에 엎드려서 의자에 앉은 노인에게 용서를 비는 모습이었다.

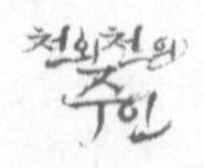

과연 이윽고 찻잔을 내려놓은 노인의 입에서 그와 같은 상황을 유추할 수 있는 말이 흘러나왔다.

"그만 일어나라."

용서를 하겠다는 뜻일 것이다.

그러나 꿇어앉아서 머리를 조아린 사람은 요지부동, 꼼짝도 하지 않고 대답했다.

"이번 일은 전적으로 수하의 잘못입니다. 자만했고, 부주의했습니다. 부디 엄하게 다스려서 수하가 모든 형제들과 예하의 사도들에게 충분히 책임지는 모습을 보여 줄 수 있도록 해 주십시오, 교주!"

노인이 말했다.

"본좌도 처음에는 그리 생각했다. 너를 일벌백계(一罰百戒)로 다스려야 본좌의 면도 서고, 다른 아이들도 제법 경각심을 가질 거라고 말이다. 하나, 이는 그리해서 될 문제가 아니다. 이건 너의 실수이기 이전에 예상이 불가능한 변수가 아니더냐."

"세상에 예상이 불가능한 변수는 없습니다. 변수는 어떤 관계나 범위 안에서 여러 가지 다른 값으로 변할 수 있는 수에 불과한 것이 아니겠습니까. 명백한 저의 실수입니다."

"그리 따지면 너의 실수가 아니라 본좌의 실수다. 너를 그 자리에 앉힌 것이 본좌이니 말이다."

"수하와 교주님은 다릅니다. 수하는 고작 일개……!"

"되었네. 본좌가 너를 징계하는 것은 스스로의 얼굴이 침을

뱉는 것과 다름 아니니, 자면(子面), 너는 이제 그만 일어나도록 해라."

교주라 불린 노인의 부드러운 목소리가 어느 사이엔가 준엄하게 바뀌어져 있었다.

바닥에 엎드린 사람, 자면이 더는 항변하지 못한 채 잠시 침묵하다가 고개를 들고 일어섰다.

건장한 체구의 자면은 가느다란 수염과 청수한 얼굴을 가진 육십 대의 노인이었다.

적잖은 시간동안 엎드려 있었는지 조심스럽게 천천히 일어난 그는 새삼 허리를 접고 고개를 숙이며 감사를 전했다.

"너그러운 용서에 참으로 몸 둘 바를 모르겠습니다. 앞으로 두 번 다시 같은 실수를 반복하지 않도록 최선을 다하겠습니다, 교주."

자면의 얼굴에는 짙은 회오의 기색이 드리워져 있었다.

다만 눈썰미가 좋은 사람이라면 그건 지금 앞에 자리한 교주에 대한 미안함에 앞서 자기 자신의 실패를 용납할 수 없는 자존심의 상처라는 것을 어렵지 않게 읽을 수 있을 터였다.

선풍도골의 노인, 교주는 그걸 아는지 모르는지 그저 됐다는 듯 슬쩍 손을 내저으며 화제를 바꾸었다.

"객쩍은 소리는 그만두고 대책이나 강구해 보자. 따로 생각해 둔 것은 있느냐?"

자면이 기다렸다는 듯 대답했다.

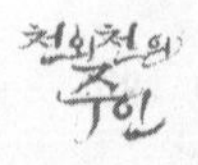

"팽마도 팽의정을 죽이지 못한 까닭에 북련의 와해는 이제 물 건너갔습니다. 내부적인 갈등이야 심화되어서 전보다는 더 빡빡한 알력이 생길 테지만, 팽의정을 지지하는 자들이 꽤나 단단한 결속력을 가지고 있어서 적어도 와해되지는 않을 겁니다. 하니, 우선적으로 지존(至尊)의 계획을 연기하는 것이 옳지 않을까 합니다."

교주가 미간을 찌푸렸다. 마뜩잖은 눈빛이었다.

곧바로 나온 대답도 그랬다.

"우리가 지존의 계획을 왈가왈부하는 것은 절대 옳은 일이 아니다."

자면이 서둘러 말했다.

"지금 중원에서 벌어지는 계획들은 전혀 상관없습니다. 다만 옥문관과 산해관, 주산군도 등지를 통해서 들어오는 다섯 가문의 중원 입성만큼은 무슨 일이 있어도 막아야 합니다."

"정확한 설명이 필요하다. 고작 북련 하나 해산시키지 못했다고 해서 마도 오문의 중원 입성을 막는다는 것은 지존께서 절대 납득하지 못하실 거다."

"외람된 말씀이나, 교주. 북련은 고작 북련이 아닙니다. 북련에는 명실공히 구대 문파의 대부분이 속해 있습니다. 비록 소림과 무당이 빠졌다고는 하나, 그들이 언제까지 침묵을 지키고 있으리라는 보장도 없습니다."

"그 말인 즉, 소림과 무당을 상대로 한 우리의 계획이 실패했다는 뜻이냐?"

"아직 모르는 일이긴 하나, 그들에게서 아직 연락이 없는 것은 사실입니다."

"음!"

"하물며 그게 다가 아닙니다. 중원의 각지, 각대 문파에서 실시된 우리의 계획은 성공과 실패를 반복하고 있습니다. 부디 통촉해 주십시오, 교주. 우리는 아직 중원의 세력을 완전히 다 와해시키지 못……!"

"쉿!"

교주가 문득 손가락을 입술에 대고 자면에게 조용히 하라는 시늉을 했다.

자면이 그제야 무언가 느낀 듯 안색을 굳혔다.

그때 교주가 잠시 여유를 두었다가 조금 뒤로 물러나며 대청의 한쪽 벽을 향해 말했다.

"무례하게 이게 무슨 짓이냐?"

벽을 바라보는 교주의 눈빛이 매섭게 변하는 순간, 벽에서 기사(奇事)가 벌어졌다.

처음에는 벽이 움직이기 시작했다.

마치 뜨거운 열기에 얼음이 녹아내릴 때처럼 갑자기 윤기를 더한 벽이 축축해지더니, 이내 아지랑이처럼 흔들리다가 다시 꾸물꾸물 움직이며 붉은색으로 물들어 갔다.

멀쩡하던 벽이 당장이라도 핏물로 변해서 쏟아질 것처럼 붉

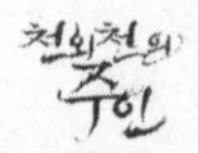

은 빛깔로 흐물흐물 거리는 것인데, 그것도 잠시, 붉어진 벽은 곧바로 풀빵처럼 스르르 부풀어 오르며 붉은 덩어리로 떨어져 나와서 사람의 형상으로 변했다.

그런데 놀랍게도 아니, 끔찍하게도 핏덩어리로 만들어진 것 같이 붉은 사람의 형상이었다.

게다가 깊이 들어간 눈두덩이 안에는 정작 눈이 없이 그저 퀭하고, 코와 입은 아예 붙어 있지도 않았으며, 두 손과 두 다리에는 갈고리같이 긴 손가락과 발가락에 그보다 더 긴 손톱과 발톱이 달려 있어서 실로 방금 지옥의 피구덩이에서 기어 나온 나찰처럼 보이는 모습이었다.

하물며 목소리 또한 그와 같았다.

입이 없음에도 말을 할 수 있는 그 혈인은 가시가 목에 걸린 승냥이가 캑캑거리는 듯한 목소리를 토해 냈다.

"이거 왜 이래? 무례한 것은 내가 아니라 천사교주(天邪敎主) 너잖아? 감히 지존의 계획을 막겠다니, 너 정말 머리가 어떻게 된 거 아니냐?"

그랬다.

선풍도골의 노인은 바로 천사교주였던 것이다.

그 천사교주가 태연한 미소를 지으며 벽을 통해 대청으로 들어선 혈인의 다그침에 대꾸했다.

"아둔하기 짝이 없는 네 머리는 여전하구나, 혈뇌사야(血腦死爺)."

"뭐, 뭐라고?"

혈인, 혈뇌사야가 발끈했다.

붉은 그의 두 눈에서 혈광(血光)이 일렁거리자 장내가 숨 막히도록 지독한 사기(邪氣)로 가득 찼다.

그럼에도 천사교주는 아랑곳하지 않고 냉소를 날리며 말했다.

"멍청한 녀석! 나는 그저 생각뿐, 아직 여전히 지존의 계획을 따르고 있다. 한데, 너는 지금 어디에 있느냐? 무슨 일이 있어도 장성 밖에서 대기하라는 지존의 명령을 거역하고 중원에 들어와 있지 않느냐."

"……!"

혈뇌사야가 이제야 깨달은 듯 잠시 침묵했다.

하지만 이미 벌어진 일이며, 되돌릴 수 없는 상황이었다.

전세가 단박에 역전된 것인데, 이런 경우는 제아무리 뛰어나 책사라도 서로 흠을 잡는 것밖에는 다른 수가 없을 것이다.

혈뇌사야가 말했다.

"너야말로 중원에서 편한 밥을 먹으며 살았다고 그새 머리가 굳은 모양이구나. 감히 그런 생각을 했다는 것 자체가 지존에 대한 불경이라는 걸 몰라서 그러느냐? 하물며 생각만 하고 실행에는 옮기지 않겠다?"

홀로 반문한 그의 붉은 눈빛이 자면에게 돌려졌다.

"아까 나는 자면, 저놈의 입에서 무슨 일이 있어도 마도 오문의 중원 입성을 막아야 한다는 말을 들은 것 같은데, 과연 어느 것이 진실일지 모르겠구나. 흐흐흐……!"

자면이 죽어 가는 사람처럼 붉다 못해 검게 변한 얼굴로 고개를 숙였다.

그의 말로 인해 천사교주가 궁지에 몰린 것이다.

천사교주가 그와 상관없이 잠시 혈뇌사야를 매섭게 노려보다가 이내 피식 웃으며 말했다.

"혈문(血門)의 가업을 잇더니만, 이젠 처세도 알고 제법 영리해졌구나."

혈뇌사야가 음충맞게 웃으며 대꾸했다.

"흐흐, 너야말로 둔해진 것이 사실이구나. 그걸 이제야 알다니 말이다."

천사교주가 코웃음을 치며 탁자를 두드렸다.

"흰소리 그만두고 어서 와서 앉아라. 그 냄새나는 껍질일랑 빨리 벗어던지고."

"혈문 최고의 비기인 사망혈사공(死亡血絲功)을 냄새나는 껍질이라고 하다니, 네놈이 정녕 단매에 죽고 싶은 게로구나!"

혈뇌사야가 화를 냈다.

하지만 그런 태도와 달리 그는 아무렇지도 않게 다가와서 천사교주의 맞은편에 자리를 잡고 앉았다.

동시에 그의 모습이 변했다.

붉은 기운은 여전했으나, 그는 더 이상 핏덩이로 이루어진 혈인이 아니었다.

붉은 도포와 도관, 붉은 머리카락에 붉은 눈썹, 붉은 두 눈과 당장이라도 핏물을 토해 낼 것 같은 붉은 입술 등, 온통 핏빛 일색이긴 했으나, 이젠 엄연히 사람, 정확히는 노인의 모습으로 변해 있었다. 그게 바로 마도 오문의 하나라는 혈문의 문주, 혈뇌사야의 진정한 모습인 것이다.

자면이 멀뚱거리는 눈으로 그들, 두 사람을 번갈아 보았다.

그의 입장에서는 이게 대체 무슨 상황인지 전혀 알 수 없었다.

천사교주가 그런 그에게 말했다.

"작금의 상태에서 마도 오문이 중원으로 들어오는 것은 나도 원치 않는 일이었다. 자칫 그로 인해 중원 무림의 힘이 하나로 뭉쳐진다면 참으로 귀찮은 일이 아니더냐. 해서, 지존께 보고 드리기에 앞서 혈뇌사야를 먼저 부른 것이니……."

"아!"

자면은 절로 감탄했다.

혈문의 문주 혈뇌사야는 몰래 잠입한 것이 아니었다.

애초에 그와 같은 우려를 하고 있던 천사교주가 마도 오문의 중원 입성을 막기 위해 혈뇌사야를 불렀던 것이다.

"……이제 너는 그에 대해서는 더 이상 괘념치 말고 어서 그자들에 대해서나 말해 보거라."

"그자라 하시면……?"

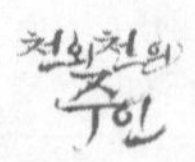

“북련의 팽이정을 구한 자들 말이다. 광목인마를 죽이고 소천비마를 크게 다치게 했다지?”

“아, 예……!”

자면은 이제야 천사교주가 누구를 말하는지 알아들었으나, 무안하게도 대답할 말이 없었다.

사건이 터지고 나서 그들에 대한 조사를 지시해 놓긴 했으나, 아직 그에 대한 보고가 들어오지 않고 있었다.

“그게, 죄송스럽게도 아직 그자들에 대한 정보가 전달되지 않았습니다.”

“아직……?”

“예, 그게, 그러니까, 그자들이 우리가 파악한 강호 무림의 고수들이나 명숙들이 아니라 시간이 좀 거릴 것 같습니다.”

천사교주가 고개를 갸웃했다.

“사도들의 능력은 작금의 강호 무림에서 특급에 속한다. 해서, 광목인마와 소천비마가 손을 합치면 팽의정 정도는 굳이 다른 수하들의 도움이 없어도 능히 처리할 수 있다. 그런데 그런 그들을 처리한 자들이 우리가 아는 강호 무림의 고수도, 명숙도 아닌 전혀 모르던 자들이라는 거냐?”

자면이 진땀을 흘리며 대답했다.

“지금까지 들어온 보고에 따르면 그렇습니다. 하지만 신안(申眼)과 술백(戌魄)이 나서서 강호 무림의 정세에 능통한 사도들을 데리고 전력을 다하고 있으니, 곧 기별이 있을 겁니다.”

천사교주가 안색이 변해서 자면을 직시했다.

"제아무리 거대한 둑도 바늘구멍 하나로 인해 무너질 수 있다고 했다."

자면은 깊이 고개를 숙이며 대답했다.

"여부가 있겠습니까. 심혈을 기울여서 최선을 다하겠습니다."

"사흘을 주겠다!"

천사교주가 매섭게 잘라 명령했다.

"하늘이 두 쪽 나는 한이 있어도 사흘 안에 그자들의 신원을 파악해라!"

번천翻天 (7)

천사교주의 명령을 받은 자면은 붓으로 그린 듯이 쭉 빠진 역삼각형 얼굴에 좌우로 찢어진 실눈, 작은 코와 뾰족한 턱밑에 드문드문 성기게 난 가느다란 수염으로 인해 영락없는 쥐상[鼠像]의 인물이었다.

그런 사람이 키 또한 그리 크지 않고 덩치도 왜소해서 얼핏 보면 눈칫밥에 길들여진 시골촌부처럼 무기력하게 보이지만, 실상은 전혀 그렇지가 않았다.

작금의 세간에서 호풍환우(呼風喚雨)와 천번지복(天飜之覆)의 술법을 가진 천사교의 방술사들인 십이신왕(十二神王)으로 알려져 있으며, 실제로 천사교에서 천사교주를 최측근에서 보필하는 십이신군(十二神君)의 수좌인 자면신군(子面神君)이 바로 그였다.

천사교 내에서 소위 일인지상 만인지상의 자리에 앉아 있는 인물이 바로 그, 자면신군인 것이다.

그러나 제아무리 그런 위치에 있는 그라도, 아니, 그런 위치에 있기 때문에 더욱 그는 천사교주의 명령에 절대적으로 순종할 수밖에 없었다.

사람이 자리를 만드는 것이 아니라 자리가 사람을 만든다는 말도 있지 않은가.

지금의 자리를 지키기 위해서라도 항상 최선을 다해야 했다.

오랜동안 잠룡(潛龍)의 시간을 지내며 힘을 축적한 천사교에는 수많은 인재가 널려 있었다.

천사교가 거룩하고 영명하신 지존의 대업을 완수하기 위한 선발대로 중원에 들어올 수 있었던 이유가 바로 거기에 있는 것이다.

그뿐 아니었다.

자면신군은 그간 천사교주에게 미처 보고하지 못한, 실은 보고하지 않은 사안이 하나 있었다.

천사교가 본격적으로 세력을 확산하기 시작한 이 년 전부터 교단에서 시행하는 대법을 위해 은밀히 동남동녀들을 수집하던 하부 세력들 중 일부가 정체 모를 자들에 의해 공격을 받았다는 사실이 바로 그것이었다.

이후 그의 명령 아래 보다 더 은밀한 행보로 기밀을 유지하며 조심한 덕분인지 더 이상의 피해는 보지 않고 있지만, 당시

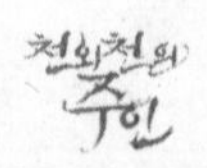

누적된 피해가 적지 않아서 그는 감히 천사교주에게 보고를 할 수가 없었다.

보고를 하려면 우선 놈들을 잡아야 한다는 것이 그의 생각이었는데, 놈들이 워낙 신속하고 또한 철저하게 흔적을 남기지 않고 사라져서 아직까지도 오리무중인 까닭이었다.

그런데 이제 그것과는 비교도 할 수 없이 엄중한 사건이 발생해 버렸다.

지존의 대업에 제동이 걸려 버린 크나큰 문제였다.

작금의 문제를 해결하지 못하면 그에 대한 천사교주의 신임이 영영 사라질지도 몰랐다.

전에 없이 그의 행동에 시간을 제한한 천사교주의 추상같은 명령이 그것을 대변하고 있었다.

그것도 다른 누구도 아닌 혈문의 문주인 혈뇌사야 앞에서 즉, 평소 영원한 경쟁자라고 칭하는 마도 오문의 문주 앞에서 내린 명령이었다.

이건 정말 천사교주가 지존을 추종하는 다른 문주들과 종주들을 견제하느라 적당히 눈치를 보며 처리하던 그간의 문제와 완전히 결이 다른 문제인 것이다.

'이행하지 못하면 목숨으로 대신해야 한다!'

천사교주의 명령을 받고 대청을 나와서 거처로 돌아가는 내내 악몽 같은 생각으로 전전긍긍하던 자면신군은 거처에 들어서서 문을 닫기 무섭게 마음을 다잡으며 호명했다.

"화륜(火輪)! 수인(水刃)!"

허공에서 확 하고 손바닥만 한 불길이 일어나고, 바닥에서 샘물처럼 물줄기가 솟아났다.

불길이 빠르게 부피를 더하며 커져서, 그리고 물줄기는 허공에서 덩치를 더하며 불어나서 이내 완전한 사람의 모습으로 변했다.

붉은 머리카락을 길게 늘어트린 적포 중년인과 백짓장보다도 더 창백한 얼굴이라 시체처럼 보이는 백포 중년인, 바로 천사교의 백팔사도 중 서열 십위 권에 들어간다고 평가받는 화륜신마(火輪神魔)와 수인검마(水刃劍魔)였다.

그들이 동시에 고개를 숙이며 말했다.

"하명하십시오!"

자면신군은 우선 물었다.

"소천은 돌아왔느냐?"

적발의 화륜신마가 대답했다.

"아직…… 처사들의 전갈에 의하면 내일이나 모래 새벽은 되어야 할 것 같습니다."

자면신군은 가만히 고개를 끄덕이고는 이내 불처럼 달아오른 눈빛으로 그들, 화륜신마와 수인검마를 바라보며 단호하게 명령했다.

"너희들에게 특별한 명령을 내리겠다. 지금부터 너희들은 신안과 술백 등과 상관없이 따로 팽의도를 도운 자들을 추적해

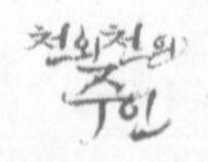

라! 필요한 인원은 얼마든지 활용해도 좋다!"

화륜신마가 수인검마와 슬쩍 시선을 교환하고 나서 다시 자면신군을 보며 넌지시 확인했다.

"신안신군(申眼神君)과 술백신군(戌魄神君) 등과 상관없이……라면, 비밀인 겁니까?"

"그렇다!"

자면신군은 힘주어 잘라 말했다.

"극비다!"

그간 애써 내색은 삼갔으나, 자면신군은 동남동녀를 수집하던 교단의 하부 세력에 대한 추적에 진전이 없는 것도, 그리고 이번 사태도 교내의 알력으로 인한 문제일지도 모른다고 의심하고 있었다.

이번 그의 결정은 바로 거기에 기인했다.

화륜신마와 수인검마는 평소 자면신군에게 고굉지신을 자처하는 수하답게 대번에 사태를 인지하며 고개를 숙였다.

"옙, 알겠습니다!"

설무백이 숭산 소실봉의 소림사를 벗어나서 풍잔으로 돌아가는 관도에 오른 날로부터 닷새가 지나간 날의 늦은 저녁인 자시(子時 : 오후11~오전1시)무렵이었다.

풍잔의 후문에서부터 대략 이십여 장 떨어진 주택가의 골목은 초저녁부터 추적추적 내린 가랑비에 젖어서 진창으로 변해 있었다.

어느 한순간, 손자를 품에 안고 잠든 할머니의 습관적인 손길처럼 빗물이 토닥이는 그 진창 위로 검은 그림자 하나가 빠르게 스쳐 지나갔다.

츠르르릇!

진창의 물은 조금도 튀지 않았다.

스산한 느낌을 주는 바람 소리만이 공기를 가르며 지나가고 있었다.

검은 그림자는 소위 물 위를 달린다는 등평도수(登萍渡水)의 경공술을 아무렇지도 않게 펼치는 고수였던 것이다.

하물며 그게 다가 아니었다.

진창이 가득한 골목을 순식간에 벗어난 검은 그림자는 사람의 시야가 닿기 어려운 길가의 담과 나무, 건물의 벽과 처마의 그늘만을 찾아서 자리를 이동하면서도 더 없이 빠르게 주택가를 벗어났고, 곧바로 성벽을 넘었다.

난주의 동문과 남문 사이의 성벽 너머인 그곳은 수풀이 우거진 외딴 초지였다.

검은 그림자의 뛰어난 경공술은 거기서 더욱 빛을 발했다.

츠르르르르르륵—!

검은 그림자는 낮은 자세를 유지하면서 풀숲을 헤쳐 나가는

데, 놀랍게도 두 발이 지면에 닿지 않고 있었다.

마치 보이지 않는 무언가가 발바닥을 받쳐 주는 것처럼 공중에 약간 뜬 채 빙판을 미끄러지는 것처럼 나아가는 중이었고, 그 속도가 어찌나 빠른지 검던 그림자가 희뿌옇게 흐려지게 보일 정도였다.

눈 쌓인 바닥에 발자국을 남기지 않는다는 답설무흔(踏雪無痕)의 신법보다 한층 더 높은 경지, 바로 풀잎 위를 밟고 날듯 달릴 수 있다는 상승의 경신술인 초상비(草上飛)를 펼치고 있는 것이었다.

그러나 그처럼 직접 보지 않는다면 누구도 믿기 어려운 초절정의 경공을 펼치며 내달리는 검은 그림자는 놀랍게도 다급하고 초초한 기색이었다.

눈썰미가 뛰어난 사람이라면 그것을 보고 느낄 수 있었다.

그는 고수답지 않게 이마가 땀으로 흥건하게 젖어 있었고, 두 눈빛에는 두려움마저 담겨 있었다.

그 이유가 이내 드러났다.

"애쓴다만, 좀 더 힘을 내줘야겠다. 그 정도로는 애들의 수련에 도움이 안 되느니라."

바람처럼 내달리는 검은 그림자의 머리 위, 허공에서 들려오는 칼칼한 노인의 목소리였다.

그렇다.

검은 그림자는 지금 누군가에게 쫓기고 있는 것이었다.

휘릭! 휘리리릭-!

검은 그림자가 순간적으로 이리저리 방향을 전환하다가 한 순간 탄환처럼 쏘아졌다.

지근거리에 자리한 산비탈을 향해서였다.

와중에 잠시잠깐 드러난 검은 그림자의 모습은 검은 일색의 복면인이었는데, 한순간 그의 전신이 고슴도치처럼 뾰족뾰족하게 변한다 싶더니 전신을 뒤덮은 그 침들이 일시지간 사방으로 폭사되었다.

최아아아악-!

검은 그림자, 복면인이 진입한 산비탈에 펼쳐진 아름드리나무들이 사나운 경기에 휩쓸리며 우수수 이파리를 떨어뜨렸다.

허공에서 칼칼한 노인의 목소리가 황당하다는 듯 말했다.

"어라? 무당파의 비기인 연청십팔비(燕青十八飛)에 이어 부용금침(芙蓉金針)을 전개해?"

복면인이 그 순간에 신형을 뒤집어서 하늘을 향해 누운 자세로 쌍수를 연속해서 교차했다.

퍼펑-!

복면인의 두 손에서 연달아 발사된 장력이 칼칼한 노인의 목소리가 들려온 방향의 하늘과 그 주변을 이루는 아름드리나무의 나뭇가지를 강타했다.

암중에서 자신을 따르는 칼칼한 노인을 노린 일격인 것인데, 아쉽게도 성과는 없었다.

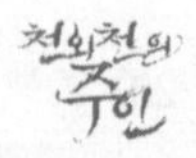

노인의 칼칼한 목소리가 아무렇지도 않게 다시 복면인의 귀에 박혔다.

"이놈 봐라? 이제는 화산파의 비기인 낙화추영장(落花追影掌)까지……?"

"치잇!"

복면인이 분한 듯 혀를 차고는 재차 두 손을 교차했다.

이번에는 주먹이었다.

퍼펑-!

강렬한 강기가 쏘아져서 저 높은 아름드리나무들의 꼭대기에 달린 나뭇가지를 휩쓸었다.

나뭇잎이 우수수 휘날리며 앙상하게 부러져 나간 나뭇가지들이 한 대 뒤엉켰다.

하지만 암중을 따르는 노인은 여전히 멀쩡했다.

그처럼 예의 칼칼한 목소리가 들려왔다.

"이건 천산파의 구마권(拘魔拳)이 아니냐? 정말이지 점점 더 관심이 가는 놈이로구나. 궁금해서 더는 안 되겠다. 얘들아, 수련을 끝낸다! 그만 잡아라!"

순간, 복면인의 측면에서 불쑥 나타난 청의사내 하나가 쌍수를 뻗었다.

엄청난 기운, 폭포수 같은 경력이 복면인을 덮쳤다.

복면인의 눈이 크게 부릅떠졌다.

장력의 위력에 놀란 것이 아니었다.

그 장력이 바로 그도 익히 잘 아는, 다만 배우지는 못한 화산파의 비기, 낙화추영장(落花追影掌)과 흡사한 형상의 기류를 형성했기 때문이다.

"익!"

복면인은 순간적으로 몸을 비틀어서 자세를 잡으며 쌍수를 내밀었다.

퍼펑-!

"크윽……!"

복면인은 억눌린 신음을 흘리며 주룩 밀려나다가 결국 버티지 못하고 바닥을 굴렀다.

청의사내의 장력은 그가 감당할 수 있는 수준이 아니었던 것이다.

바닥을 구른 복면인은 사력을 다해서 일어나서 두 손을 교차하며 재차 덮쳐올 청의사내의 공격에 대비했다.

그러나 이번의 공격은 청의사내가 아니었다.

앞서 청의사내가 그랬던 것처럼 이번에는 그와 반대되는 측면에서 갑자기 시퍼런 불길이 치솟았다.

화륵!

시퍼런 불길의 근원은 청의사내처럼 젊은 백의사내의 손에 들린 한 자루 검이었다.

복면인이 그걸 확인하는 순간과 동시에 불길에 휩싸인 그 검이 그의 머리로 떨어져 내렸다.

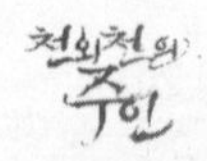

분명 그와 백의사내 사이에는 서너 장의 거리가 있었는데, 백의사내가 한순간에 그 거리를 사르며 그를 공격한 것이다.

"헉!"

복면인은 다급함에 절로 헛바람을 삼키며 본능처럼 두 손을 교차하며 높이 쳐들었다.

그의 손에는, 정확히는 팔뚝에는 어지간한 보검도 능히 감당할 수 있는 철비갑(鐵臂甲)이 장착되어 있었다.

꽝—!

묵직한 타격음이 터졌다.

복면인은 교차한 두 팔뚝에서 전해지는 엄청난 충격을 느끼며 주룩 밀려 나갔다.

막아도 막은 것 같지 않은 격통이었다.

그러나 복면인은 지금의 자신에겐 고통을 느낄 시간조차 없다는 것을 익히 잘 알고 있기에 이를 악물며 자세를 바로잡았다.

그때 그런 그를 향해 다가오던 화염검(火焰劍)의 백의사내와 앞서 화산파의 비기를 펼쳤던 청의사내가 갑자기 발걸음을 멈추며 반색한 얼굴을 했다.

복면인은 그들의 태도를 보고 일순 지금 뭐 하는 짓거리지 하다가 이내 코웃음을 쳤다.

청의사내와 백의사내의 시선은 자신의 뒤쪽을 보고 있었다.

결국 자신의 뒤에 누군가 나타났다는 건데, 지금의 그는 일말의 기척도 느끼지 못했다.

그래서 더욱 자신의 뒤에 누군가 나타났다는 건 말이 안 되는 상황이었다.

그러나 그는 이내 다시 생각을 바꾸며 도무지 모르겠다는 눈빛을 드러냈다.

지금 상황에서 청의사내와 백의사내가 그따위 기만술을 쓸 이유가 어디에 있을 것인가?

복면인은 설마하며 재빨리 뒤를 돌아보았다.

그때 항거불능의 무지막지한 힘 하나가 그의 뒷목을 짓눌렀다.

복면인은 속절없이 엎어지며 얼굴을 바닥에 처박았다.

누군가 그의 뒤에 나타나 있었고, 나타난 그 사람이 그의 뒷목을 발로 밟았던 것이다.

바닥에 머리를 처박은 복면인은 사력을 다해도 뒷목을 누르는 힘을 벗어날 수 없어서 보지 못한 그 사람은 바로 설무백이었다.

설무백은 자신의 발로 뒷목을 눌러서 제압한 복면인과 그 앞에서 반색하고 있는 두 사내, 비풍과 단예사를 쳐다보며 물었다.

"뭐 하는 거야?"

비풍과 단예사가 대답하기 전에 그 뒤에 나타난 파팍한 인상의 노인이 예의 칼칼한 목소리로 먼저 말했다.

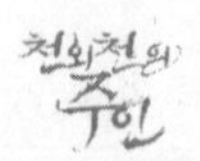

"수련이오. 어쩌다보니 이렇게 됐소이다."

검노는 반가워하면서도 어딘지 모르게 어색해하는 눈치라 엿보는 태도였다.

지난날 쌍괴와의 대립 이후 고친 말투가 영 어색하게 들려서 더욱 그렇게 느껴지는지도 몰랐다.

마음은 전혀 그게 아닌데 언행이 미처 따라가지 못하는 사람처럼 느껴졌다.

'언제 편한 자리를 한번 마련해야겠군.'

설무백은 애써 내색을 삼가며 공야무륵 등과 검노 등의 인사가 끝나기를 기다렸다가 발로 제압하고 있는 복면인을 가리키며 물었다.

"뭐예요, 이놈?"

검노가 대수롭지 않게 대답했다.

"감시인지 관심인지는 모르겠으나, 근자에 풍잔을 지켜보는 눈초리가 늘었소. 개중에는 조금 특별한 놈들도 가끔 있는데, 이놈도 그중의 하나요."

"뭐가 특별한데요?"

"호풍대의 이목을 피하는 놈들이지요."

"아……!"

설무백은 절로 수긍했다.

호풍대, 정식명칭 호풍사랑대는 풍잔의 경비를 담당하는 조직이었고, 대주인 광풍구랑 맹효 아래 전체 인원이 풍잔의 정예인 광풍대원들로 구성되어 있었다.

즉, 호풍대의 이목을 피할 정도라면 상당한 경지의 고수라는 뜻이었다.

"맹효가 분해서 이 좀 갈겠는데요."

광풍구랑 맹효는 광풍대 내에서 둘째가라면 서러워할 승부욕의 화신이었다.

설무백이 권한을 일임한 제갈명의 지시니 거부하지 않고 따르긴 했을 테지만, 분해서 씩씩거렸을 맹효의 모습이 눈에 선했다.

"하지만 덕분에 그 녀석과 이 녀석들의 진전에 크나큰 도움이 되고 있소."

"애들에게 도움이 되는 건 알겠는데, 그 녀석에게는 무슨 도움이……?"

"흐흐, 그게, 제갈 군사의 부탁받은 노부와 쌍노가 이번 일을 이 녀석들의 실전 경험을 쌓는 데 이용하고서부터 이 녀석들의 진전이 눈에 띄게 발전하자, 그걸 안 그 녀석도 미친 듯이 수련에 임하고 있다오."

의도치 않게 일거양득(一擧兩得)이 되었다는 설명이었다.

설무백은 내심 맹효의 승부욕이라면 충분히 그럴 수 있겠다 싶어서 새삼 고소를 머금었다.

그때 검노가 그의 발에 깔린 복면인을 가리켰다.

"그보다 그러다 죽겠소. 아까 봤다시피 매우 특이한 놈이오.

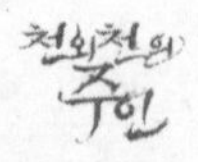

배후를 밝혀야 하오."

설무백은 사실 밝힐 것도 없이 이미 복면인의 정체를 짐작하고 있었으나, 내색치 않고 복면인의 뒷목을 짓누르고 있던 발을 내렸다.

복면인은 처음에는 벗어나려고 발버둥 치다가 이내 포기하고 가만히 엎어져 있었다.

자신의 능력으로는 절대 대항할 수 없다고 생각해서 체념한 것일까?

아니, 아니면 그저 나름 틈을 노리는 건지도 모른다.

설무백이 제압하고 있던 발을 거두었음에도 불구하고 복면인은 이렇다 할 다른 행동 없이 슬며시 상체를 들고 일어나 앉으며 눈치만 보았다.

설무백은 그런 복면인을 지그시 내려다보며 짧게 명령했다.

"벗어."

작은 두 구멍 사이로 빠끔히 드러낸 복면인의 눈동자가 불안하게 흔들렸다.

갑자기 생각이 많아진 눈빛이었다.

설무백은 기다려 주지 않고 알겠다는 듯 고개를 끄덕이며 다시 말했다.

"하긴, 그냥 대답하긴 좀 그럴 거야. 면목도 없고, 창피하기도 하고 말이지. 알았어. 명분은 줄게."

말이 끝나는 순간과 동시에 불이 붙은 것처럼 빛을 발하는 그의 손이 휘둘러졌다.

한 줄기 푸른 번개가 복면인의 어깨와 팔뚝 사이를 가로지르고 있었다.

쓱싹—!

섬뜩한 소음이 울리며 푸른 번개가 사라지자, 매끄럽게 잘려진 팔 하나가 땅바닥에서 펄떡거렸다.

복면인의 한쪽 어깨에서 떨어져 나간 팔이었다.

설무백이 고도의 강기를 응집한 손날로 복면인의 한 팔을 잘라 버린 것이다.

복면인으로서는 뻔히 보면서도 피할 수 없는 일격이었다.

"크으……!"

복면인이 뒤늦게 찾아온 고통에 억눌린 신음하며 설무백을 노려보았다.

설무백은 무심하게 복면인의 시선을 마주하며 말했다.

"지혈해."

복면인의 눈빛이 심하게 흔들렸다.

설무백의 말은 어김없는 사실이었다.

사람은 팔 하나만 잘려도 죽을 수 있었다.

자신이 팔이 잘려졌다는 충격으로 정신을 잃고 죽는 경우도 있지만, 보통은 과다 출혈로 인해 죽음이었다.

그리고 그건 내공이 조화 지경에 이르러 죽고 싶어도 쉽게 죽을 수 없는 절대 고수가 아니라면 누구나 다 해당되는 이야

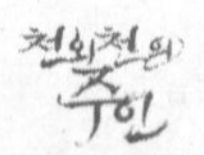

기였다.

제아무리 무림의 고수도 피를 많이 흘리면 죽을 수밖에 없는 것이다.

그러나 지금 복면인의 흔들리는 눈빛은 그런 죽음과는 아무런 관련이 없었다.

설무백의 태연한 태도가, 차분하다 못해 심드렁해 보이는 눈빛이 문제였다.

분명 설무백은 살기 하나 없이 그저 무감동한 태도와 눈빛일 뿐이었다.

그런데도 왠지 모르게 그런 설무백의 모습이 생사 여부와 관계없이 복면인의 가슴에 전율할 만한 공포를 선사하고 있었다.

그야말로 복면인 스스로도 이해가 되지 않는 막연한 공포였다.

그래서 복면인은 전혀 의식하지 못하고 있지만, 지금 그는 고양이 앞의 쥐나, 뱀 앞에 납작 엎드린 개구리처럼 옴짝달싹도 못하고 있었다.

그때 설무백이 가볍게 재촉했다.

"지혈 안 하면 죽을 수도 있다 너?"

복면인은 지금 당장 설무백의 지시를 따르지 않으면 무언가 돌이킬 수 없는 일이 벌어질 것 같다는 압도적인 예감에 사로잡혔다.

그래서 필사적으로 팔이 잘려 나간 어깨 부근의 혈도를 점해서 지혈을 했다.

설무백이 그 모습을 보며 다시 말했다.

"복면도 벗어야지."

복면인은 재빨리 복면을 벗었다.

순간, 젊다고도 볼 수 없고, 그렇다고 늙었다고도 볼 수 없는 희멀건 사내의 얼굴이 드러났다.

그런 느낌이 드는 것은 그의 얼굴이 보통의 사내와 다른 점이 하나 있었기 때문이다.

설무백이 첫눈에 그걸 간파하고 말했다.

"수염이 없네? 환관이냐?"

사내는 선뜻 대답하지 못하고 우물쭈물했다.

그런 행동 자체가 설무백의 질문을 긍정하는 태도였으나, 지금의 그는 그런 것을 느낄 여유가 전혀 없었다.

과연 설무백은 그런 사내의 태도만으로 모든 것을 충분히 유추하며 대답을 기다리지 않고 말했다.

"근자에 형님이 측근의 환관들과 금의위의 인재들을 추려서 무슨 조직을 만든다는 소식을 들었는데, 그건가 보군. 이름이 동창(東廠)이라지?"

사내는 대답 대신 두 눈을 크게 부릅떴다.

설무백이 최근에 북평 왕부에서 창설된 동창의 이름을 아는 것은 것도 놀랍지만, 그에 앞서 그가 말하는 형님이 누구인지 익히 짐작하기 때문이리라.

설무백이 그때 재우쳐 물었다.

"이름?"

사내는 체념한 기색으로 묻지도 않은 것까지 덧붙여서 대답했다.

"동창의 장반(掌班)인 조무(組茂)요."

설무백은 가만히 고개를 끄덕이며 말했다.

"그래, 장반 조무. 이제 하나만 더 제대로 대답해 주면 너는 살 수 있다. 이유 여하를 막론하고 형님이 나를 감시할 리는 절대 없고, 누구냐? 누가 너에게 이런 임무를 내린 거냐?"

조무가 곤혹스러운 표정으로 머뭇거렸다.

설무백은 대수롭지 않게 질문을 덧붙였다.

"형님께 직접 물어보는 것이 나을까?"

조무가 절로 움찔하더니, 결국 모든 것을 내려놓은 표정으로 한숨을 내쉬며 대답했다.

"외람첩형(外覽帖刑) 곽승(郭陞)요."

설무백은 내심 고개를 갸웃했다.

작금의 천하에서는 동창이 뭐 하는 조직인지조차 알지 못하는 사람들이 파다하지만, 그는 동창에 대해서 익히 잘 알고 있었다.

동창은 동창장인태감(東廠掌印太監) 혹은 창공(廠公) 혹은 독주(督主)라고 부르기도 하지만, 보통은 정식 관직명인 흠차총독동

엄관교판사태감(欽差總督東廠官校辦事太監)을 줄여 제독동창(提督東廠)이라고 부르는 환관인 한 명의 수장 아래, 역시나 환관인 내람첩형(內覽帖刑)과 외람첩형을 두고, 다시 속관(屬官)으로 장형천호(掌刑千户)와 이형백호(理刑百户) 각 한 사람을 임명해서 수뇌부를 구성한 일종의 첩보 기관이었다.

다만 그들 중 장형천호와 이형백호는 무관이며, 주로 제독동창의 직속인 내람과 외람첩형의 명을 수행하기에 달리 첩형관(貼刑官)이라고 불리는데, 이는 금의위의 무관인 천호(千戶)와 백호(百户)에서 따온 것이다.

물론 장형천호와 이형백호의 직책 이름을 금의위에서 따왔다고 해서 그들의 지위나 임무마저 금의위의 천호나 백호와 같은 것은 아니었다.

임무야 말할 것도 없고, 지위부터가 달랐다.

동창의 장형천호와 이형백호는 금의위의 천호나 백호와 달리 구체적인 첩보와 정탐 활동을 담당하는 백 명의 역장(役長)과, 소위 당두(檔頭)과 그 예하에 있는 물경 오만 명의 번역(番役)을 거느리는 지고한 신분인 것이다.

그렇다면 방금 조무가 자신의 직위라고 밝힌 장반이라는 것은 무엇일까?

기실 동창에는 제독동창의 직속인 일종의 별동대가 하나 존재하고 있었다.

조직이 아닌 개인으로 움직이는 그들은 각기 장반(掌班)과 영

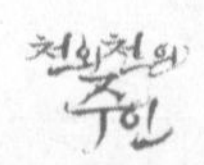

반(領班), 사방(司房)이라는 직위를 가진 무관들로, 오직 제독동창의 명령만 수행하는 조직이었다.

설무백이 본의 아니게 고개를 갸웃거릴 정도로 이상하게 생각하는 이유가 바로 거기에 있었다.

지금 조무는 자신의 직위를 장반이라 밝혀 놓고 제독동창이 아니라 그 밑의 지위인 외람첩형의 명령으로 나섰다고 하는 것이다.

'동창이 발족한 지 얼마나 됐다고 벌써 내부에 알력이 생겼다는 건가?'

아니, 그보다는 지금 조민이 그가 동창에 대해서 모른다고 생각하고 속이는 것일 가능성이 더 높았다.

동창의 편제를 모르면 조무의 말을 이상하게 생각할 이유가 없지 않은가.

설무백은 즉시 확인했다.

"정확히 다시 말해 봐라. 누구의 명령이었다고?"

조무가 움찔하며 말을 더듬었다.

"며, 명령이 아니라 부탁이었소. 아무리 외람첩형이라고 할지라도 내게 명령을 내릴 수는 없소. 나는 그저 평소 가깝게 지내던 그의 부탁을 외면할 수 없었을 뿐이오."

이러면 말이 된다.

다만 이런 지경이라도 지금 동창의 내부에 어느새 알력이 형성되고 있다는 사실에는 변함이 없지만 말이다.

설무백은 냉철하게 따지고 들었다.

"곽승이 원하는 것이 뭐냐?"

조무가 이제 더는 아무것도 감출 필요가 없다고 생각한 듯 주저하지 않고 대답했다.

"풍잔의 전력과 대당가라는 설무백의……!"

대답을 하던 조무가 일순 눈가에 경련을 일으키며 새삼스러운 눈빛으로 설무백을 보았다.

그는 이제야 설무백이 풍잔의 주인임을 깨닫고 있었다.

평소의 그였다면 알아봤어도 진즉에 알아봤어야 정상이었다.

그는 그리 머리가 나쁘거나 이렇게 눈치가 없는 사람이 절대 아니었기 때문이다.

그런데도 이랬다는 것은 순전히 너무나도 황당한 사건이 연속으로 이어지는 바람에 그의 사고가 평소와 달리 굳어져 있었다고 밖에는 달리 설명할 수 없었다.

새삼 무력해지는 기분 속에 빠진 조무는 애써 정신을 수습하며 답변을 이어 나갔다.

"……무위를 확인해 달라고 했소. 그것뿐이오."

설무백은 가만히 고개를 끄덕이는 와중에 생각을 정리하며 다시 물었다.

"그가 왜 그걸 알고 싶어 하는 것 같나?"

"설무백이라는 자가 언제까지고 왕야의 곁에 머물 사람인지

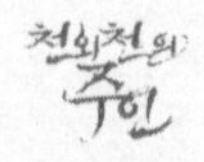

아닌지를 판단하기 위해서라고 했소."

"그런 일을 왜 공식적으로 처리하지 않고 부탁씩이나 하면서까지 뒷구멍으로 처리하려 했다는 건가?"

"왕야께서 허락하지 않으셨다고 했소. 하지만 자신은 수하된 자의 도리로 그냥 넘어갈 수 없는 일이라며……."

"포장을 아무리 잘해도 이건 결국 항명(抗命)이다. 아니라고 생각하나?"

"……!"

조무가 대답하지 못하고 침묵했다.

설무백은 그에 상관하지 않고 재우쳐 물었다.

"너는 그자의 말을 믿었나?"

조무가 이번에는 힘주어 대답했다.

"믿었소! 그래서 나섰던 거요!"

설무백은 내공의 운기로 인해 더 없이 강렬해진 눈빛으로 조무를 바라보았다.

호기롭게 언성을 높여서 대답했던 조무가 바짝 움츠러들었다.

"좋아. 네 말을 믿어 보기로 하지."

설무백은 조무의 태도에서 거짓을 읽을 수 없자 그대로 인정해 주며 말했다.

"대신 가서 곽승에게 확실히 전해라. 조무 너에게 했던 말이 진심이었다면, 그 말 그대로 그분께 전하고, 용서를 구하라고.

만에 하나 그게 싫다면 나를 만날 준비를 하라고. 알겠느냐?"

조무가 무언가 과중한 압력이 어깨를 누르는 사람처럼 고개를 숙이며 힘겹게 말을 더듬었다.

"아, 알겠습니다."

설무백은 과연 어떨지 매우 흥미롭다는 표정으로 조무를 외면하며 돌아섰다.

그리고 전혀 딴 사람처럼 기꺼운 모습으로 변해서 검노를 보며 말했다.

"오랜만에 돌아왔으니, 술이라도 한잔해야 도리겠죠?"

실로 오랜만의 귀가라 다른 생각은 없었다.

그저 반가운 얼굴들과 마주앉아서 술 한 잔 기울이며 이런저런 잡담을 나누다가 나른 몸으로 쓰러져 잠들면 그간의 여독이 풀릴 것 같았다.

워낙 하수상한 시절이라 풍잔도 이런저런 일이 많을 테지만, 적어도 오늘은 그렇게 편히 쉬고 내일을 기약하자는 것이 설무백의 희망이었다.

그러나 세상사가 다 그렇듯 원하고 바라는 일은 쉽게 이루어지지 않는 법이다.

오늘의 설무백도 그랬다.

우선 그의 말을 들은 검노부터가 먼저 부정적인 의견을 내놓았다.

"빈도야 아무래도 상관없지만, 그렇게 안 될 거요."

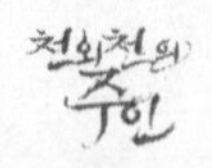

"왜요?"

"왜긴 왜겠소? 기다리는 사람이 너무 많으니까 그렇지요."

설무백은 그저 웃어 넘겼다.

기다리는 사람이 많은 거야 그도 익히 알고 있는 사실인 것이다.

그런데 아무래도 그의 생각과 다른 모양이었다.

언제 누구에게 연락을 받았는지는 몰라도 벌써 대문 앞에 나와서 기다리던 제갈명의 생각 또한 다르지 않았다.

"고생하셨습니다. 자, 자. 어서 가시죠."

"가긴 어딜 가?"

"아참, 그걸 말씀 안 드렸네. 풍무관에다가 준비했습니다."

"준비? 뭘?"

"뭐긴요, 새 식구들을 만나 봐야지요. 연락드렸잖아요, 전서로. 그래서 일찍 돌아오신 거 아니었어요?"

설무백은 말없이 그저 어이없는 표정을 팔짱을 끼며 제갈명을 바라보았다.

제갈명이 눈을 끔뻑거렸다.

"사사무와 사도가 모용자무를 데리고 돌아오기 무섭게 바로 금응을 날렸는데, 설마 못 받으셨어요?"

설무백은 손가락으로 자신의 얼굴을 가리켰다.

"지금 내 표정 보고도 모르겠냐?"

"아……!"

제갈명이 찔끔 흘러내린 이마의 땀을 닦았다.

풍잔에서 중요한 일에만 이용하는 연락망이, 바로 매 사냥을 하는 사람이면 천금을 주고서라도 가지려 드는 영물인 금응이 중도에 사라진 것이다.

설무백은 쓰게 웃으며 물었다.

"그래서 그 전서에 뭐라고 적었다는 건데?"

제갈명이 대답했다.

"이런저런 사정으로 새 식구가 많이 늘었습니다. 해서, 빨리 귀가하시라고…… 아무튼!"

그는 대답을 하던 중에 새삼 정신을 차린 듯한 표정으로 나서며 채근했다.

"이럴 게 아니라 일단 어서 풍무관으로 가시죠. 주군께서 돌아오셨다는 얘기를 듣고 모두에게 거기로 모이라고 기별을 넣었습니다. 벌써 기다리는 사람들이 적지 않을 겁니다."

설무백은 어쩔 수 없이 제갈명의 뒤를 따라서 풍무관으로 갔다.

제갈명의 말마따나 풍잔의 실내 연무장인 풍무관에는 이미 수많은 사람들이 운집해 있었다.

쌍노, 즉 무림쌍괴인 환사와 천월을 위시한 풍잔의 요인들, 그리고 수십 명의 광풍대원들과 그보다 몇 배 더 많은 인원인 낯선 사내들이었다.

어디를 가던 어떤 자리에서도 튀는 반천오객의 모습이 보이

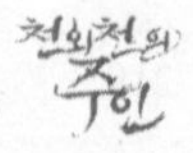

지 않았으나, 그건 이상하게 생각할 것이 아니었다.

반천오객은 사전에 그가 내린 지시에 따라 모종의 임무를 수행하기 위해서 남만으로 떠났기 때문이다.

"오셨습니까, 주군."

"저놈이 아니, 제갈 군사가 번거롭게 하지 말고 그냥 예서 기다리라고 해서 감히 마중하지 못했습니다."

"별래무양하십니까, 주군."

설무백은 쌍노와 예충을 시작으로 이미 자리에 있는 풍잔의 요인들과 차례대로 인사를 주고받는 와중에 제갈명이 말하는 새로운 식구들로 보이는 사내들을 살펴보았다.

대략 백여 명이었고, 다들 제법 범상치 않은 기도를 풍기는 자들이었다.

특히 그들의 선두를 차지한 몇몇 사내들의 기도는 정말 예사롭지 않았다.

무공이란 그것을 익힌 사람과 그때그때의 상황에 따라서 지극히 상대적인 능력을 발휘하는 법이라 딱히 어느 정도라고 단정할 수는 없으나, 굳이 비교하자면 다들 광풍대의 상위권에 들어갈 정도로 보였다.

광풍대의 상위권이라면 대충 따져도 작금의 강호 무림에서 일류를 넘긴 수준의 고수였다.

설무백의 호기심이 그들로 인해 높아지는 순간에 마침 요인들과의 인사가 끝났다.

그리고 제갈명이 불쑥 말했다.

"제가 나서는 것보다 책임자들이 각자 알아서 소개하는 것이 낫겠죠?"

예충 등을 향해 건네는 말이었다.

"그게 좋겠지."

예충이 고개를 끄덕이며 기꺼이 수락하고는 대뜸 설무백의 곁으로 나섰다.

"이쪽으로……."

예충은 설무백을 새 식구들이라는 사내 무리 쪽으로 이끌더니 느닷없이 거기 선두에 서 있는 사람들 중 각기 녹의(綠衣)와 자의(紫衣)를 걸친 두 사내를 소개했다.

"흑사평(黑沙平)에서 인연을 맺은 녹포 괴조(綠袍怪爪) 부소(浮疏)와 귀안 신수(鬼眼神手) 가등(賈騰)입니다."

소개를 받은 녹의 사내와 자의 사내가 설무백을 향해 정중히 공수했다.

"부소입니다."

"가등입니다."

설무백은 인사를 받는 대신에 어리둥절한 표정으로 예충을 쳐다봤다.

흑사평이 돈황의 낭인 시장이 형성되어 있는 지역의 이름이라는 것은 익히 잘 알고 있었다.

그런데 난데없이 두 사내를 보고 녹포 괴조와 귀안 신수라

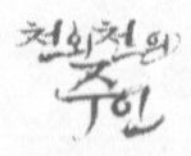

니 어이가 없었다.

그럴 수밖에 없는 것이, 그는 녹포 괴조와 귀안 신수에 대해서 알고 있었다.

녹포 괴조와 귀안 신수는 백 년도 더 지난 과거에 돈황의 낭인 시장인 흑사평을 평정하며 낭인들의 우상으로 등극한 전대의 흑도 고수였다.

당시 옥문관을 넘나들며 활동한 그들은 중원까지 명성을 떨쳤는데, 그때 그들의 나이가 육순을 넘긴 상태였다.

즉, 지금 예충이 소개한 새파란 애송이들은 절대 녹포 괴조와 귀안 신수일 수가 없는 것이다.

하다못해 이름부터가 달랐다.

녹포 괴조의 이름은 부소가 아니라 부약진(浮弱震)이었고, 귀안 신수의 이름도 가등이 아니라 가유(賈維)였다.

그러니 설무백의 입장에선 예충이 왜 이런 가짜를 소개하는 것인지 몰라서 황당할 수밖에 없는 것이다.

그러나 이유가 있었다.

예충이 그런 반응일 줄 알았다는 듯 태연하게 설무백의 시선을 마주하며 그 이유를 말해 주었다.

"전대의 흑도 고수인 녹포 괴조와 귀안 신수의 후예들입니다. 정확히는 손자들인데, 어찌어찌 우연찮게 둘이 만났을 때 서로 그런 약속을 했답니다. 과거 조부들이 대복보에게 빼앗긴 흑사평의 권리를 되찾아오면 두 사람 다 조부들의 별호를 가지기로 말입니다."

그는 전에 없이 히죽 웃으며 부연했다.

"그래서 지금은 저들이 녹포 괴조와 귀안 신수입니다. 대복보는 이제 더 이상 흑사평의 권리를 주장할 수 없게 되었거든요. 대복보의 보주인 금안야차 마적산을 제거한 것은 저희들이 아니라 저 친구들입니다."

설무백은 이제야 오해를 풀고 두 사내, 부소와 가등의 인사를 받았다.

"설무백이다."

그리고 재우쳐 물었다.

"그래서 지금 너희들이 이 자리에 있는 이유가 뭐지?"

부소와 가등이 동시에 대답했다.

"풍잔의 식구가 되기 위해서입니다!"

설무백은 가만히 고개를 끄덕이며 슬쩍 예충을 보았다.

예충이 어깨를 으쓱하며 웃었다.

무언가 내막이 무궁무진할 것 같은 태도였다.

설무백은 호기심을 뒤로 미루면서 부소와 가등을 향해 말했다.

"환영한다."

부소와 가등이 이번에도 사전에 약속이라도 한 듯 동시에 고개를 숙이며 말했다.

"기대에 어긋나지 않도록 최선을 다하겠습니다!"

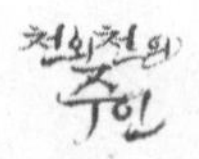

설무백은 가만히 고개를 끄덕여 주며 그들의 앞을 지나서 옆으로 자리를 이동했다.

예충이 어느새 거기 서 있는 또 다른 사내 하나를 가리키고 있었다.

아니, 사내라고 하기에는 아직 많이 부족한 외모였다.

열다섯 살 혹은 열여섯 살 정도 되었을까?

체구는 조금 있으나, 얼굴에는 어린 티가 역력하고 두 눈에는 여린 빛이 가득한 소년이었다.

예충이 소개했다.

"설산파의 후예인 적우(赤雨)입니다."

설무백은 새삼 고개를 갸웃하며 예충을 보았다.

"이번에도 설명이 필요한 것 같은데?"

예충이 기다렸다는 듯 고개를 끄덕이며 설명했다.

"제가 갔을 때, 설산파는 이미 와해되었고, 설산파의 주인가문인 설산만가도 이미 대부분의 가솔들이 떠나 버리고 몇몇 충직한 가솔만이 저 아이를 보살피고 있었습니다."

"뭐지? 소위 말하는 멸문지화라도 당했다는 건가?"

설무백은 선뜻 떠오르는 생각이 그것밖에 없어서 말했는데, 우습지 않게도 사실이 그랬다.

예충이 사연을 말했다.

"대충 그렇습니다. 지난 달 장문인인 현빙신군 단초를 비롯해서 설산파의 기둥인 다섯 장로와 설산파의 주력 세대인 단가와 만(萬) 가, 반(班) 가의 형제들 열다섯 명이 하룻밤 사이에 죄다 머리가 떨어진 시체로 변했고, 설산에 거주하는 어린 아이 스물여덟 명이 사라졌답니다."

설무백은 절로 눈빛이 변했다.

아이들이 사라졌다는 얘기를 듣는 순간 그는 절로 전후사정을 직감할 수 있었다.

설산파는 놈들에게, 바로 암천의 그림자들에게 당한 것이다.

'빠르군! 정말 예전과 다르게 빠른 행보다!'

설무백은 애써 내색을 삼가며 설산파의 후예라는 적우를 바라보았다.

적우가 힘겹게 다부진 태도를 유지하려 애쓰며 그의 시선을 마주했다.

불안하게 움직이는 눈동자, 코끝에는 땀방울이 송골송골 맺혔고, 이를 악물고 침착함을 가장하고 있긴 하지만, 자연히 떨리는 몸을 감추지 못하고 있었다.

집안이 무너진 그날의 두려움 때문인지, 아니면 지금 면전에 선 그의 기도에 눌린 것인지는 몰라도, 안쓰러울 정도로 잔뜩 겁을 집어먹고 있으면서도 내색하지 않으려고 애쓰는 모습이 갸륵해 보였다.

설무백은 짐짓 무심하게 물었다.

"예 노를 따라서 풍잔으로 온 이유가 뭐냐?"

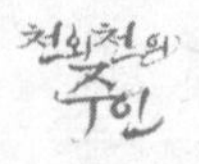

적우가 턱을 바싹 당기고, 몸에 딱 붙인 두 주먹을 단단히 움켜쥐며 부동자세를 취해서 떠는 모습을 감추려고 애쓰다가 이내 털썩 무릎을 꿇으며 울먹거렸다.

"설산파의 보, 복수를 하고 싶습니다. 도와주십시오. 그, 그게 무엇이든지 시키시는 일은 제 모, 목숨을 걸고 다 하겠습니다."

설무백은 털썩 주저앉아서 울먹이는 적우의 모습과 과거 어린 자신의 모습이 겹쳐 보여서 마음이 쓰렸지만, 내색을 삼가고 냉정하게 다그쳤다.

"왜 복수를 하고 싶은 거냐?"

엉뚱한 질문인 것 같지만 사실은 그렇지가 않았다.

설산파는 예충의 말에서도 알 수 있듯 단 씨와 만 씨, 반 씨의 가문이 일으킨 문파이고, 그래서 그들이 주력이며 그들만을 직계로 인정하고 있었다.

그런데 적우는 이름 그대로 적(赤) 씨인 것이다.

따라서 설산파의 주력가문도 아니고 그저 방계이거나 신하가문의 후예일 텐데, 그런 적우가 그냥 복수도 아니고 설산파의 복수라고 말하는 것이 선뜻 다가오지 않았기 때문이다.

게다가 그런 성 씨 관계와 무관하게 설무백의 눈에 거슬리는 것도 있었다.

시커멓고 울퉁불퉁하며 군데군데 피딱지가 내려앉은 적우의 손등이 그랬다.

아무리 봐도 그건 추운 날씨에 물을 묻히며 막일을 해서 불어 터진 손이었다.

고하와 무관하게 명색이 일파의 주력 가문에 속하는 후예가 가질 수 있는 손이 아니라 허드렛일이나 하던 종복의 손인 것이다.

아니나 다를까, 설무백의 질문을 들은 적우가 전신을 부르르 떨었다.

영락없이 폐부를 찔린 모습이었다.

그 상태로, 지그시 어금니를 악문 적우가 천천히 고개를 들고 설무백을 올려다보며 씹어뱉듯 말했다.

"누가 뭐래도 제 가족입니다! 도와주기 싫으면 욕보이지 말고 그냥 거절하십시오!"

설무백은 그저 가만히 적우를 쳐다보며 혼잣말로 중얼거렸다.

"이제야 조금 가능성이 보이는 것 같네."

적우가 이건 또 무슨 장난이냐는 듯 오만상을 찡그리며 설무백을 노려보았다.

설무백은 그런 적우를 대수롭지 않게 그냥 무시해 버리며 옆으로 자리를 옮겼다.

예충이 재빨리 그를 따라붙었다.

적우 옆에 서 있는 이남일녀를 소개하려는 것인데, 그 순간이었다.

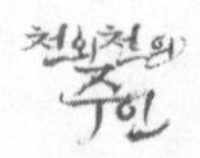

역시나 적우처럼 어린 티가 역력해서 아직 사내라고 하기에는 이른 두 명의 소년과 묘령의 소녀 하나가 사전에 약속하고 있었던 듯 동시에 반응해서 뽑아 든 병기로 설무백을 공격했다.

하나는 투박한 삭도가, 다른 하나는 한 자 가량의 쇠꼬챙이, 이른 바 자(刺)라는 무기고, 마지막 하나는 창처럼 보이지만 사실은 내력으로 꼿꼿이 세운 철편(鐵鞭), 바로 철사(鐵絲)를 꼬아서 이은 채찍이었다.

설무백은 그걸 뻔히 보면서도 그대로 가만히 서 있었다.

다른 사람의 눈에는 어떻게 보일지 몰라도, 그의 눈에는 그들의 공격이 매우 느렸다.

오죽하면 그들이 휘두르는 병기를 하나하나 살펴볼 수 있었겠는가.

내친 김에 어느 정도의 위력인지 몸으로 느껴 볼 생각이었다.

어지간한 고수라도 지금 그들이 휘두르는 병기에 고스란히 당한다면 목숨을 부지하기 어려울 테지만, 그에게는 별다른 타격을 줄 수 없다는 자신감이 그에겐 있는 것이다.

결국 피하지 못하는 것이 아니라 피하지 않는 것인데, 거기에는 나름 다른 이유도 하나 더 있었다.

예충이 그들의 공격을 뻔히 지켜보면서도 아무런 반응을 보이지 않았다.

장난인지 뭔지 알 수 없지만, 나름의 이유가 있다는 결론이었다.

그래서 다음 순간!

깡! 쩡! 쿡-!

분명 강렬하고 둔탁하지만, 어딘지 모르게 상황과 어울리지 않는 소음이 동시다발적으로 터졌다.

삭도가 설무백의 머리를 두드리고, 송곳이 설무백의 옆구리를 때리는 사이, 창처럼 꼿꼿이 선 채찍이 설무백의 복부를 찌르는 소리였다.

물론 그 어느 무기도 설무백의 몸에 닿은 것은 없었다.

삭도와 송곳, 채찍은 설무백의 몸과 한 치 앞에서 그림처럼 멈춘 상태였다.

눈에 보이지 않는 벽, 호신강기였다.

설무백은 머리가 따끔하고, 옆구리가 가렵고, 복부가 조금 찌릿한 느낌 속에 쓰게 입맛을 다시고 있었다.

"어……?"

장내가 잠시 동안 찬물을 끼얹은 것처럼 조용해졌다.

암습이 실패한 두 사내와 소녀가 그야말로 귀신에 홀려서 넋이 나간 것처럼 굳어져 있었다.

설무백은 정말 한심하다는 듯이 그들을 훑어보고 나서 예충을 향해 물었다.

"뭡니까, 얘들?"

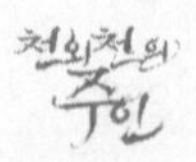

예충의 대답보다 먼저 두 사내와 소녀가 누가 먼저랄 것도 없이 동시에 말했다.

"괴, 괴물이다!"

번천翻天 (8)

삭도는 시퍼런 빛으로 물들어 있었고, 송곳은 담금질을 하려고 방금 화로에서 꺼낸 것처럼 붉디붉었다.

상당한 내공에 기인한 도기(刀氣)와 자기(刺氣)가 발현되어 있는 것이다.

철편의 경우는 그보다 더했다.

길이가 이장에 달하고 중간 이후부터는 새끼손가락만큼이나 가느다란 채찍을 순전히 내력만으로 창처럼 빳빳이 세우는 것은 아무나 할 수 있는 것이 아니었다.

채찍을 완전히 자기 것으로 만든 고수만이 가능한 일이었다.

결국 얼추 판단해도 세 사내의 경지는 이미 오래전에 강호 일류를 능가했다는 결론이 나오는 것이다.

그런데 그들, 두 사내와 한 소녀의 모든 기습 공격은 무방비 상태로 서 있는 것 같은 설무백의 털끝 하나 건드리지 못했다.

두 사내와 소녀가 경악해서 괴물이라고 소리치며 경기를 일으켜도 전혀 이상하지 않은 상황이었다.

그러나 그들만 그랬다.

장내의 그 누구도 경악하거나 경기를 일으키지 않았다.

그저 분노하고 또 분노하는 몇몇 사람들을 제외하면 다들 그냥 지켜보고 있을 뿐이었다.

그런데도 그들은 왜 나서지 않고 지켜만 보고 있었던 것일까?

그들의 기습이 그 정도로 빨라서?

천만의 말씀이었다.

저 멀리 후방에 있는 사람들은 상황을 제대로 못 본 사람들도 있고, 봤어도 거리가 있어서 설령 나섰다고 해도 이미 늦었을 테니, 아주 그런 면이 없다고는 볼 수 없지만, 실질적인 상황은 그게 아니었다.

사실을 말하자면 풍잔의 모두가 이미 그들의 기습을 사전에 알고 있었다.

오직 설무백 등 오늘 귀가한 사람들만이 이런 일이 벌어질 것을 몰랐던 것이다.

그래서였다.

공야무륵과 위지건, 혈영, 흑영, 백영, 요미 등이 바로 분노하고 있는 몇몇이었다.

-나서지 말고 그냥 둬!

이것이 공야무륵 등이 부지불식간에 세 사내의 기습을 감지하며 나서려는 순간, 들려온 설무백의 전음이었다.

그럼에도 불구하고 반사적으로 공야무륵은 이미 도끼를 뽑아 든 상태였고, 혈영과 요미는 벌써 그들, 세 사내의 뒤에 귀신처럼 나타나 있었지만 말이다.

"죄송합니다, 주군. 이게 어찌된 일이냐 하면……."

예충이 상황을 설명했다.

두 사내와 소녀는 기련산의 요괴들로 알려진 세쌍둥인 기련삼마의, 즉 기련지마와 기련비마, 기련요마의 후예들이었다.

정확히는 세 사람의 공동 전인이었던 만월당의 주인, 기련일기(祈連一奇) 이천교(李遷喬)의 핏줄인 이신(李神)과 이마(李魔), 이요(李妖)였다.

놀랍게도 기련산의 만월당도 설산파와 마찬가지로 한 달 전, 하루아침에 기련삼마와 기련일기 이천교를 비롯한 만월당의 요인이 대거 죽임을 당하는 화를 입었고, 그들, 세 사람과 몇몇 종복들만이 살아남았던 것이다.

"설산파와 조금 다른 것이 있다면 당일 이천교가 적들에게 기습을 당한 직후, 마치 패배를 예감한 듯 재들을 지하 밀실로 대피시켰다는 겁니다. 덕분에 재들은 목숨을 구할 수 있었다는…….”

설무백은 본의 아니게 가만히 고개를 끄덕였다.

어지럽게 변한 작금의 무림 정세로 인해 가뜩이나 무거워진 그의 마음 한편에 자리한 의문 하나가 풀리고 있었다.

왜, 어째서 전생의 상황과 달리 정도 세력만 공격당하고 있는 것인가 의아했는데, 이제 보니 암암리에 흑도의 고수들과 문파들도 당하고 있었던 것이다.

상황이 이런 지경임에도 불구하고 정도 세력의 경우와 달리 소문이 크게 나지 않은 이유는 아마도 화해되거나 멸문지화를 당한 세력에 가담하고 있었다는 사실 자체를 드러내지 않고 오히려 감추려 드는 흑도인의 태생적인 감성이 작용했기 때문일 터였다.

“이건 저 녀석들 고집 때문에 어쩔 수 없이…… 하늘이 두 쪽 나도 주군의 능력을 직접 보고 싶다고 해서 그만…….”

설무백은 설명 뒤에 이어진 예충의 변명을 듣다가 자신도 모르게 피식 웃으며 물었다.

“쟤들만?”

“예?”

“정말 쟤들만 그게 궁금해서 이런 일을 꾸민 거냐고?”

어리둥절한 표정이던 예충이 대번에 안색을 바꾸고 이마에 맺힌 진땀을 닦으며 말을 더듬었다.

“아, 예, 그게…… 그렇죠, 뭐. 하하……!”

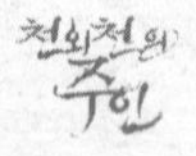

설무백은 내숭도 제대로 못하는 예충의 태도를 보며 실소하고는 슬쩍 시선을 돌려서 검노와 쌍노 등을 훑어보았다.

멀찍이 뒤로 물러나 있는 제갈명도 빠트리지 않고 짐짓 차갑게 쳐다봤다.

이런 일은 그들의 승낙 없이 예충의 의견만으로 벌어질 수는 없다는 것이 그의 생각이었다.

과연 그의 생각이 옳았다.

검노와 쌍노, 제갈명이 마치 사전에 약속이라도 한 것처럼 그의 시선을 외면하며 딴청을 부렸다.

역시나 이번 일은 그간 달라진 설무백의 무력을 보고 싶은 그들의 마음이 적극 반영된 것이다.

그때 예충이 갑자기 언성을 높여서 말했다.

"너희들은 어서 주군께 인사드려야지, 왜 아직도 그러고 있어? 아직도 부족해서 그래?"

꼼짝도 하지 못한 채 돌부처처럼 굳어 있던 이남일녀, 이신과 이마, 이요가 허겁지겁 수중의 병기를 갈무리하며 포권의 예를 취했다.

"주군께 처음으로 인사드립니다. 이신입니다."

"주군께 처음으로 인사드립니다. 이마입니다."

"주군께 처음으로 인사드립니다. 이요입니다."

설무백은 짐짓 냉정하게 그들을 바라보며 말했다.

"칼로 베고, 송곳으로 쑤시고, 채찍으로 찔러서 죽이려고

든 것들의 입에서 잘도 주군이라는 소리가 나오는구나."

이신과 이마, 이요가 난색을 표하며 안절부절못했다.

설무백은 이내 웃으며 말했다.

"앞으로 고생 좀 할 거다. 너희들이 자초한 일이니 마땅히 감당해야 한다."

이신과 이마, 이요가 무슨 뜻인지 모르겠다는 표정을 짓다가 이내 깨닫고는 절로 마른침을 삼켰다.

그들은 그제야 자신들의 뒤에 나타나 있는 혈영과 요미의 살기를 느꼈던 것이다.

그뿐 아니라 그들은 또 그제야 설무백의 뒤에 서서 쳐다보는 공야무륵의 살기 어린 눈빛과 의미심장하게 비틀린 입가의 미소도 볼 수 있었다.

공야무륵이 드러내고 있는 살기는 그저 여차하면 죽이겠다는 살기가 아니었다.

껍질을 벗겨서 그대로 잘근잘근 씹어 먹어 버릴 것 같은 야수의 살기였다.

예충이 그런 그들을 쳐다보며 음충맞은 미소를 흘렸다.

"흐흐, 그러게 내가 너희들에게 미리 물어봤잖아. 무슨 얘기를 해도 너희들의 태도를 불량하게 보고 이해하지 못할 사람도 있을 텐데, 괜찮겠냐고. 괜찮다고 했지? 흐흐……!"

이신과 이마, 이요의 얼굴이 그야말로 울상으로 변했다.

예충이 그러거나 말거나 아무렇지도 않게 그들을 외면하며 설무백을 향해 말했다.

"제가 데려온 애들은 애들이 마지막입니다."

새 식구들이라는 무리의 선두에 나선 자들은 아직 대여섯 명이 더 남아 있었다.

"나머지는……."

"접니다."

누군가 예충의 말을 받았다.

아무리 봐도 이렇다 할 특색 하나 없이 평범한 노인이지만, 그래서 더욱 무섭게 느껴지는 노살수 잔월이었다.

"스물다섯 개의 목숨 중 남은 두 개의 목숨입니다. 알게 모르게 풍잔의 주위를 맴돈 것이 적의를 가져서가 아니라 관심을 가져서라고 합니다. 풍잔의 식구가 되고 싶어서 말입니다. 저로서는 결정할 수 없는 일이라 그냥 이렇게 데려왔습니다."

이 말은 즉, 스물세 명의 사람을 죽였다는 소리였다.

하지만 지금 잔월의 두 눈에는 그 정도의 살인마라면 마땅히 가져야 한다는 혈향(血香)이나 혈흔(血痕)등의 살기가 전혀 느껴지지 않았다.

살인에 관한한 그는 이미 그 어떤 상황에서도 살기를 드러내지 않고 억누를 수 있는 경지에 도달한 것이다.

그런 면에서 볼 때, 잔월의 소개 아닌 소개를 받는 두 사내도 보통은 넘었다.

잔월의 성정으로 봐서 그가 목숨을 취한 자들에 대한 얘기는 오늘 이 자리에서 처음 듣는 것일 텐데도 별다른 내색을 드러내지 않고 설무백을 향해 정중히 공수하고 있었다.

"서화부(西和府) 와호장(臥虎莊)의 유당(劉唐)이오."

"탕창부(宕昌府) 금룡장(金龍莊)의 금평(金平)입니다."

유당은 선이 굵은 얼굴에 부리부리한 두 눈과 부스스한 느낌을 더벅머리에 붉은 기운이 서려서 산적처럼 사나운 느낌을 주는 중년인이었고, 금평은 뒷목에서 질끈 동여맨 반백의 머리카락이 곱게 허리까지 늘어져 있어서 선비처럼 차분한 성품을 드러내는 것 같은 육십 대의 노인이었다.

설무백은 서화부와 탕창부가 감숙성의 북부 끝으로, 사천성과 매우 가깝다는 것을, 특히 공동산의 치맛자락과 닿아서 공동파의 영역에 해당한다는 사실을 상기하며 물었다.

"용과 호랑이라, 그 이름이 두 사람만 남은 이유와 관련이 있을까?"

상대적으로 거칠어 보이는 유당이 대답했다.

"집안 어른들 간에도 친분이 두터운 편이었고, 지금은 서로 사돈 간이오."

노선비 같은 금평이 서둘러 나서서 부연했다.

"서너 해 전에 저 사람 유당의 아들과 본인의 딸이 혼례를 올렸지요. 해서 지금은 한 집안이나 다름없습니다."

설무백은 두 사람의 얘기를 듣고 나자 대충 상황이 그려져서 고개를 끄덕이며 말했다.

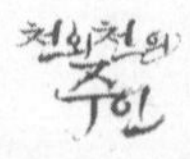

"결국 공동파의 억압을 피하고 싶다는 건가?"

유당과 금평의 안색이 변했다.

좀처럼 감정을 드러내지 않는 잔월도 이채로운 눈빛이 되었다.

그들이 말하지 않았음에도 불구하고 설무백이 정확히 핵심을 찌른 것이다.

설무백은 그들의 반응과 무관하게 역시나 그들이 아직 밝히지 않은 상황을 풀어냈다.

"오래전부터 공동파는 친밀하게 지내는 당신네들 집안을 고깝게 보았을 거야. 그래도 그때는 엄연히 따로 떨어진 두 개이니 그럭저럭 넘겼을 텐데, 이제는 상황이 달라진 거지. 자식들의 혼례로 하나와 다름없이 변했으니까."

"과연 대단한 혜안이오."

유당이 감탄하며 두 손을 모았다.

"그렇소. 그 때문에 우리 두 가문은 이미 오래전부터 이가(離家)를 준비하고 있었소. 그러다가 얼마 전 풍잔이 난주에 쏠렸던 공동파의 관심을 내쳤다는 소식을 듣고 나서부터 풍잔을 지켜보았던 건데, 풍잔이 그걸 오해한 거요."

금평이 유당의 말을 받았다.

"물론 그저 오해나 풀자고 이렇게 나선 것이 아니요. 우리는 여전히 이가를 준비하고 있고, 보유하고 있던 전답들은 벌써 거의 다 팔아서 필요한 자금은 이미 확보해 놓은 상태요. 해서,

드리는 말씀이오만……."

그는 고개를 숙였다.

"설 대협께서 허락한다면 우리 두 가문은 난주로 이주하고 싶소."

내내 뻣뻣하게 서 있던 유당도 금평을 따라서 고개를 숙였다.

금평이 고개를 숙인 채로 말을 덧붙였다.

"아는지 모르겠으나, 와호장은 철을 다루는 데 능하고, 우리 금룡장은 대대로 누에고치에서 명주를 뽑아내는 공정(工程)에서부터 비단의 염색과 채색에 매우 밝으며, 특히 비단의 기본색인 황(黃), 청(靑), 백(白), 적(赤), 흑(黑)의 오방색(五方色)을 뽑아내는 것은 가히 중원에서 손꼽힐 정도라고 자부하니, 결코 풍잔에 해가 되는 일은 없을 것이오."

설무백은 이제야 오늘따라 좀처럼 이런 자리에 나타나지 않는 대장장이 사마천조와 난주 상회의 엄이보가 함께 있는 이유를 깨달으며 그들에게 시선을 주었다.

사마천조가 기다렸다는 듯이 말문을 열었다.

"와호장이 다루는 철기는 종종 당문도 주문할 정도이고, 저도 자주 애용하고 있습니다."

엄이보도 마치 차례를 기다린 사람처럼 사마천조의 말이 끝나기 무섭게 말했다.

"금룡장의 비단은 정말 최고일세. 그동안은 그저 주는 만큼

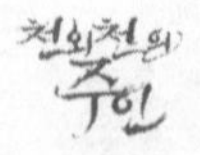

만 받는 거래를 해 왔는데, 만일 금룡장의 비단을 독점할 수 있다면 풍잔의 수익에 많은 부분을 차지할 수 있을 것이네."

설무백은 내심 수긍했다.

사실 이제야 말이지만, 와호장과 금룡장은 무림세가라기보다는 상인의 가문에 가까워서 애초에 사사무와 사도를 보내면서도 못내 마음에 걸렸었다.

그런데 그들이 풍잔의 주변을 맴돈 이유가 다른 속셈을 가진 정탐이 아니라 순전히 이주를 위한 사정이었다면 사마천조나 엄이보가 말하는 실질적인 이해득실과 무관하게 자신의 대처가 미안해서라도 거절할 수 없었다.

설무백은 승낙의 의미로 사마천조와 엄이보를 향해 빙그레 웃으며 말했다.

"그럼 나머지 제반사항은 두 분이 나서서 도와주시는 거죠?"

"고맙소, 설 대협!"

유당과 금평이 먼저 알아듣고 반색하며 설무백에게 거듭 포권의 예를 취하는 가운데, 사마천조와 엄이보가 반색하며 대답했다.

"여부가 있겠습니까. 와호장과 금룡장의 이주는 저희들이 책임지고 돕도록 하겠습니다."

설무백은 가볍게 웃으며 고개를 끄덕이는 것으로 그들과의 대화를 마무리하며 그 옆의 사내에게 시선을 고정했다.

사내는 다른 사람들과 달리 바닥에 무릎을 꿇고 있고, 두 팔이 등 뒤에 돌려진 상태로 굵은 동아줄로 묶여 있었다.

검게 그을린 넓적한 얼굴에 미세하게 파진 주름살이 자글자글해서 하고, 사십 대로도, 육십 대로도 보이고. 오른쪽 광대뼈 옆을 지나며 하얗게 도드라진 칼자국을 보면 삭막한 느낌도 주지만, 졸린 듯 작고 가는 눈매와 작은 코, 작은 입술의 조화로 인해 기본적으로 미욱해 보이는 인상의 사내였다.

"얘는……."

설무백은 어느새 자신의 곁으로 나서 있는 풍사를 향해 단호하게 잘라 말했다.

"그냥 죽이자!"

풍사가 선뜻 설무백의 말을 이해하지 못한 듯 고개를 갸웃하며 말했다.

"얘가 누군지는 아시는 거죠?"

설무백은 당연히 알고 있었으나, 다르게 대답했다.

"누군지 알고 싶지도 않은 걸?"

풍사가 재빨리 사내를 소개했다.

"용화당의 수괴인 용화신도 이적필입니다."

설무백은 어디까지나 시큰둥했다.

"그래서?"

풍사가 설무백의 반응에 스민 냉담함을 느낀 듯, 의외라는 표정으로 설명했다.

"예상과 다르시네요. 다른 친구들을 다 곱게 받아 주시기에

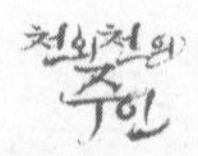

이놈도 그러려니 하고 기대했는데 말이죠."

"기대할 놈이 전혀 아닌 것 같으니까 그렇지."

"아니요. 기대가 되는 놈입니다. 이래 봬도 우리 손에서 무려 아홉 번이나 도망친 놈이에요, 이놈이. 아무리 생각해도 그냥 버리기엔 아까운 놈이라 데려왔는데, 마음에 안 드세요?"

"응, 마음에 안 들어."

설무백의 단호한 대답에 머쓱해진 풍사가 도무지 모르겠다는 표정으로 물었다.

"왜요?"

설무백은 대수롭지 않게 대꾸했다.

"보면 몰라? 더럽게 생긴 인상이야 그렇다 쳐도, 아직도 저렇게 묶여 있잖아."

풍사가 새삼 고개를 갸웃거렸다.

설무백이 워낙 당연하다는 듯이 말해서 그런지는 몰라도, 묶어 놓으면 안 되는 건가, 하고 생각하는 표정이었다.

설무백은 그런 그를 향해 물었다.

"왜 묶어 놨어?"

"아, 그게 자꾸 도망치려 해서……."

"그래서 그래."

"예?"

"그래서 그렇다고. 자기 주제를 모르는 놈이라서."

"……?"

풍사가 알 것도 같고 모를 것 같다는 표정을 지었으나 결국에는 모르겠는지 길게 한숨을 내쉬며 사정하듯 말했다.

"저기, 주군. 외람된 말씀이나, 죽일 때 죽이더라도 이유는 좀 제대로 알고 싶습니다. 세상에 자기 주제를 아는 놈이 몇 놈이나 되겠습니까. 저 역시 처음에는 그랬고, 저기 저 예 노도 다르지 않았지만, 지금 이렇게 주군을 모시고 있습니다. 그럼 결국 주군의 생각이 바뀌었다고 이해하면 되는 겁니까?"

"내가 바뀐 것이 아니라 세상이 달라졌다고 해야겠지."

설무백은 짧은 대꾸로 말을 자르고는 슬쩍 앞서 인사를 나눈 적우와 이신, 이마, 이요를 일별하며 차분하게 부연했다.

"현빙신군 단초도 그렇고, 기련삼마와 기련일기도 그렇고 야망이 너무 컸다. 야망이 크다는 것은 나쁜 일이 아니긴 하다만, 자신이 가진 그릇보다 크면 지금처럼 문제가 되는 거다. 결국 지금처럼 남의 떡을 노리다가 자기 떡은 물론 목숨까지 잃을 수 있는 거지."

문득 쓰게 입맛을 다신 그는 무릎을 꿇은 채 고개를 쳐들고 바라보는 이적필의 시선을 마주하며 말을 이어 나갔다.

"이놈도 그래. 여태 묶어 놓은 것을 보면 또 도망칠 놈이라는 거잖아. 풍 아재가 좋게 보고 살려 둔 건데 자기 주제도 모르고 말이야."

그는 웃으며 고개를 저었다.

"예전이라면 그것도 감수할 수 있어. 머리 검은 짐승은 거두는 게 아니라는 말도 있고, 사람은 고쳐 쓰는 게 아니라는 말도 있지만, 그 어떤 사람에게도 변할 수 있는 기회는 주어야 한다는 것이 나의 지론이니까."

그는 좌우로 흔들던 고개를 멈추며 단호한 눈빛과 단호한 어조로 결론을 내렸다.

"그런데 지금은 아니야. 세상이 변해서 그럴 여유가 없어졌어. 이런 물건에 괜한 심력 낭비할 시간에 차라리 내 식구 하나를 더 챙기는 것이 낫다는 생각이다."

풍사는 고개를 끄덕였다.

지금 세상이 얼마나 크게 변했는지는 아직 모르겠으나, 어느 정도 변화의 징후가 있다는 것은 그도 이미 알고 있는 사실이었다.

무엇보다도 지금처럼 설무백의 결정에 토를 달고 나서는 것은 한 번으로 족했다.

호기심에 나서긴 했지만, 그는 애초부터 상황을 이해하든, 이해하지 못하든지 간에 설무백의 결정을 거부할 생각이 전혀 없었다.

그간 그가 겪어 본 바에 따르면 설무백의 결정은 언제나 옳았기 때문이다.

"그러시다면 어쩔 수 없지요."

풍사는 더는 망설이지 않고 칼을 뽑아 들었다.

광풍사의 대랑이 가지는 장창인 백선과 마찬가지로 속을 비운 강철인 몸체를 열아홉 부분으로 나누고, 사슬로 연결한 하나의 창극을 속에 끼워 넣는 구조인 조립식 창이라 언제나 허리에 두르고 다니는 독문병기 흑비와 무관하게 그가 늘 허리에 차고 다니는 박도였다.

내내 무심함을 가장한 눈치로 그들의 대화를 듣고 있던 이적필이 다급하게 말문을 열었다.

"아니오! 나도 변할 수 있소! 아니, 이미 변했소! 나는 이제 풍잔의 식구가 되고 싶소! 정말이오! 믿어 주시오!"

설무백은 슬쩍 이적필을 바라보았다.

얼굴의 칼자국 때문에 삭막한 느낌이면서도 작은 이목구비가 오밀조밀하게 가운데로 쏠려서 기본적으로 미욱해 보이는 이적필의 인상은 이제 완전히 울상으로 변해 있었다.

마치 당장이라도 눈물이 터질 것 같은 표정이었다.

하지만 그런 그를 바라보는 설무백의 눈빛은 서릿발처럼 싸늘하게 식어 있었다.

"나는? 정말이오? 믿어 주시오?"

이적필이 흠칫하며 재빨리 말투를 바꾸어서 말했다.

"저, 저는, 저는 입니다. 그리고 정말입니다! 믿어 주십시오!"

설무백은 못내 고민스럽다는 듯이 미간을 찌푸리며 손가락 하나로 관자놀이를 긁적였다.

풍사는 발작적으로 나선 이적필의 태도와 기다렸다는 듯이

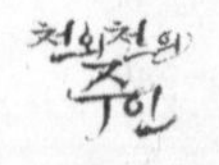

그의 불손한 언사를 지적하고 나서 망설이는 설무백의 반응을 보고 '이게 뭐지?' 하다가 이내 사태를 깨달으며 내심 고소를 금치 못했다.

이제 보니 설무백은 애초에 이적필을 죽일 생각이 전혀 없었다.

다만 이적필의 기를 꺾어 놓을 생각이었고, 실제로 보기 좋게 꺾어 버렸다.

용화당이 소탕당한 이후에도 신출귀몰(神出鬼沒)하게 도망 다녔고, 겨우 잡아서 풍잔으로 끌고 오는 와중에도 서너 번이나 도주를 감행하는 등, 온갖 애를 먹이면서도 어디 죽일 테면 죽여 보라고 뻔뻔스럽게 굴던 이적필이 우습지 않게도 지금 살려 달라고 애원하고 있는 것이다.

'대체 뭐가 다른 거지?'

풍사도 여차하면 죽일 수도 있다는 협박을 이적필에게 했다. 그만이 아니라 천타 역시 울화통이 터진 나머지 정말 죽일 것처럼 위협한 적도 있었다.

그런데도 이적필은 요지부동으로 바락바락 대들었었다.

대체 지금 설무백이 그의 태도와 무엇이 달라서 이적필을 굴복시킬 수 있다는 것일까?

풍사는 아무리 생각해도 자신이 무시당한 것 같다는 기분이 들어서 수중의 칼을 높이 쳐들며 재촉했다.

"그냥 빨리 죽이죠!"

이적필이 그를 향해 눈을 흘겼다.

풍사는 울컥해서 그냥 칼을 내려치고 싶었다.

설무백이 그 순간에 슬쩍 손을 들어서 그의 행동을 제지하며 이적필을 향해 말했다.

"조금이라도 삐딱한 생각을 하거나 행동을 한다면 가차 없이 죽여도 좋다는 약속을 한다면 어디 한번 고려해 보겠다."

이적필이 지체 없이 대답했다.

"약속합니다! 틀림없이 그러겠습니다!"

"아니, 그냥 죽이는 것이……!"

풍사가 두 눈을 부라리고 이적필을 노려보며 말하는데, 설무백이 재빨리 나서며 선언했다.

"좋아, 어디 한번 두고 보도록 하지. 그럼 이제 이자는 풍 아재가 맞아서 잘 가르치도록 해."

일순 주춤했던 풍사는 이내 기분 좋게 웃는 낯으로 바뀌어서 대답했다.

"알겠습니다. 어디 한번 제대로 가르쳐 보도록 하겠습니다. 흐흐……!"

이적필이 그제야 얼어붙은 기색으로 눈을 끔뻑이며 풍사의 눈치를 보았다.

설무백은 그게 아랑곳하지 않고 주변을 둘러보며 물었다.

"또 누구 더 있나?"

아무도 없었다.

제갈명이 눈치 빠르게 나서서 말했다.

"취의청으로 가시죠. 저도 저지만, 주군께서도 하실 말씀이 아주 많으신 것으로 보입니다."

번천翻天 (9)

자리가 취의청으로 옮겨졌다.

회의가 벌어지면 늘 그렇듯 외곽을 도는 순찰조를 제외한 풍잔의 거의 모든 요인들이 한자리에 모였다.

뒤늦게 도착한 대도회의 양의와 백사방의 이칠도 설무백과 인사를 나누고 자리했는데, 그동안 얼마나 정진했는지는 몰라도 이젠 그들에게서 전에 없던 고수의 풍모가 느껴졌다.

그러고 보면 광풍대를 비롯한 풍잔의 모든 식구들이 비약까지는 아니지만 적잖은 성장으로 전과 다른 느낌을 주고 있었다.

매우 바람직한 일이었다.

기존의 예상과 달리 빠르게 변화하는 작금의 무림 정세를 감안하면 이제부터는 그가 직접 나서서라도 진보를 도모해야 하는 입장이라 기쁘기 한량없었다.

설무백은 애써 그런 내색을 삼가고 있다가 모두가 모였음을 확인하고 나서 제갈명에게 시선을 주며 재촉했다.

"할 말 있다며? 뜸들이지 말고 어서 시작하지?"

"뭐, 별일은 아니고요."

제갈명이 별일은 아니라고 하면서도 이런 자리가 있을 때면 늘 그렇듯 최대한 엄숙하고 근엄한 태도와 표정을 견지하며 말문을 이어 나갔다.

"다름 아니라, 우리 풍잔의 식구가 갑자기 너무 많이 늘었습니다. '너무'라는 말이 부정적으로 들릴 수도 있는데, 그건 아니고요. 그저 이제 더는 풍잔의 영내에 머물지 못하는 식구들도 생겨나게 되었다는 겁니다. 해서……."

"세세한 설명은 필요 없으니까."

설무백은 아무래도 제갈명의 습관대로 설명이 길게 늘어질 것 같아 바로 끊고 물었다.

"괜히 거창하게 굴지 말고 결론만 말해 봐. 그래서 어쩌자고?"

제갈명이 맥 빠진다는 표정으로 대답했다.

"어쩌자는 게 아니라, 그저 상황이 그러니 영내가 아닌 밖에서 지내는 풍잔의 식구들이 생길 수밖에 없으니, 그 점을 아시고 허락해 달라는 뜻입니다."

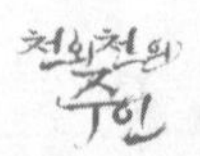

"거처를 마련해 줘야 한다는 의미인 건가?"

"그런 의미도 있지만 허락이 먼저입니다. 그간의 제반사항은 사소하고 잡다한 것들일 뿐만 아니라 거의 다 영내에서 벌어지는 일이라 그냥 제가 대충 다 그럭저럭 알아서 처리를 했지만, 이건 식구들의 거처에 관한 문제이니 주군께서 허락해야 진행할 수 있습니다."

"인원이 어느 정도나 되지?"

"원래는 오십여 명이었는데, 오늘 들어온 새 식구들을 포함하면 이제 거의 이백여 명에 달합니다. 물론 와호장이나 금룡장은 전적으로 당사자들의 이주로 보고, 우리 풍잔과는 그저 협력 관계일 뿐, 아직 동료는 아니라고 보면 말입니다."

"내가 그냥 허락만 해 주면 되는 건가?"

"예, 그렇습니다. 그리고 앞으로 늘어날 인원에 대해서도 미리 허락해 주십시오. 지금 상황으로 봐서는 점차 기하급수적으로 늘어날 것 같으니까요."

"그렇게나……?"

설무백은 이건 좀 의외라서 무의식중에 반문이 나갔는데, 제갈명은 참으로 한심하다는 눈치를 드러내며 타박했다.

"저기요, 주군. 이건 순전히 주군께서 여자를 몰라도 너무 몰라서 아니, 그보다 사내답지 않게 여자에게 너무 관심이 없어서 그런 말씀을 할 수 있는 겁니다. 고자도 아니고 왜 그리 여자를 멀리하시는 겁니까?"

설무백은 짐짓 사납게 눈총을 주었다.

"하고 싶은 말이 뭐야?"

제갈명이 참으로 답답하다는 듯 가슴을 치며 반문했다.

"주군, 혹시 지금까지 우리 풍잔의 식구들 중에 새살림을 차린 사람이, 그러니까 혼례를 올린 사람이 몇이나 되는지 아십니까?"

설무백은 자세히는 몰라도 여기 난주에 온 이후에 광풍대의 몇몇 대원이 혼례를 올렸다는 사실을 있었고, 직접 나서서 금일봉을 챙겨 주기도 했기에 기억하는 그 인원을 말했다.

"대충 열두 명 정도?"

제갈명이 쓰게 입맛을 다셨다.

"그래도 광풍대원들의 혼례는 기억하시는 모양이네요. 그나마 최근에 혼례를 올린 대원들은 빼먹었지만 말이에요."

"아, 최근에도 혼례를 올린 대원들이 있었군."

제갈명이 머쓱해하며 말하는 설무백을 향해 보란 듯이 눈을 부라렸다.

"제가 '광풍대원들의 혼례는'이라고 콕 찍어서 이야기했죠? 그 말인즉, 광풍대원이 아닌 다른 식구들은 도통 알지도 못하고 계시다는 뜻이라는 거 모르시겠습니까?"

"그렇군."

설무백은 그제야 정말 머쓱해져서 어색한 미소를 흘리며 재우쳐 물었다.

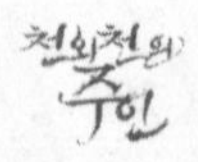

"얼마나 되는데 그래?"

제갈명이 말했다.

"풍잔이라는 이름 아래 우리 식구라고 할 수 있는 인원은 대도회와 백사방을 포함해서 대략 일천을 헤아립니다. 그것도 잔심부름을 하는 애들은 제외한 인원인데, 거기 딸린 식구들이, 그러니까 그들의 가족들이 또한 얼추 일천오백을 헤아리니, 합하면 물경 이천오백이 넘는 인원이 우리 풍잔의 식구들인 셈이지요."

"그, 그런가?"

설무백은 정말 놀라서 절로 말을 더듬었다.

그는 이런 쪽으로는 한 번도 생각해 본 적이 없었다.

그러나 제갈명의 말은 아직 다 끝난 것이 아니었다.

"그런가가 아니에요, 그런가가! 거기에 그동안 혼례를 올린 식구가, 물론 주군께서 기억하는 광풍대원들은 빼고 말입니다. 몇이나 되는 줄 아세요?"

물론 설무백은 대답할 수 없었다.

그에 대해서는 아는 바가 전혀 없었다.

제갈명이 그의 대답을 기다리지 않고 말했다.

"정확한 숫자는 저도 장부를 확인해 봐야 알겠지만, 대충 오십 명은 넘습니다. 그리고 벌써 거기 딸린 애들이 족히 삼십명은 넘는 것으로 알고 있고 말입니다."

설무백은 점점 더 늘어난 인원을 듣다 보니, 이젠 오히려 차분해졌다.

사람 중에는 작은 일에는 대범하게 굴어도 큰일이 터지면 어쩔 줄 몰라서 안절부절못하는 사람이 있는 반면, 작은 일에도 호흡이 가빠질 정도로 긴장하지만, 막상 큰일이 터지면 오히려 냉정하고 침착해지는 사람이 있는데, 그는 후자에 속하는 사람이었다.

"정말 많군. 내 상상을 뛰어넘네. 그동안 그 많은 식구들의 재무를 봐주느라 네가 아주 고생이 많았겠다. 수고했다."

"예?"

제갈명은 갑작스럽게 차분해진 설무백의 태도와 언변에 놀라서 이게 뭔가 싶은 표정으로 정신을 차리지 못했다.

설무백은 그런 제갈명을 향해 대수롭지 않게 물었다.

"그런데 내친김에 네가 수고를 좀 더 해 줘야 할 일이 하나 있다. 산서성 태원부의 있는 풍화장의 식구들 알지?"

"그야 당연히 알긴 압니다만……?"

제갈명은 왠지 모를 경각심이 생겨난 듯 눈치를 보며 조심스럽게 대답하고 있었다.

설무백은 그에 아랑곳하지 않고 어디까지나 무심하게 결정타를 날렸다.

"그들을 여기 난주로 이주시킬 생각인데, 아무래도 네가 그것도 좀 맡아 줘야겠다."

“우리 조카님의 결정이라면 나야 무조건 따라야지.”

“감사합니다.”

“감사는 무슨, 제아무리 뜬금없이 허무맹랑한 의견에도 다 그만한 이유가 있는 것이 우리 조카님 아닌가. 한데, 그래서 더 궁금하군. 대체, 이유가 뭐라던가?”

“주군의 예상보다 빨리 세상이 달라지고 있어서 위험하답니다. 저야 잘 모르지만, 실제로 요즘 강호 무림의 정세가 아주 급박하게 돌아가고 있는 것은 사실입니다.”

“요즘 세상이 어수선해진 거야 나도 알고 있지.”

“단순히 어수선해진 정도가 아닙니다. 우리가 입수한 정보에 따르면 북련의 맹주조차 정체불명의 자객들에게 공격을 받아서 간신히 목숨을 부지했고, 강남북을 막론하고 천하각지에 있는 무림 방파들의 주인들이 암살의 위협에 시달리고 있답니다.”

“설마 전부터 우리 조카님이 말하던 그때가 도래한 건가?”

“예?”

“아닐세. 그냥 혼잣말이네.”

“그게 아니라, 사실 저도 주군께 그와 같은 얘기를 들었습니다. 이제 보니 가주님께서도 아시고 계셨군요.”

“아, 뭐 자세한 것은 모르네. 그저 일전에 조카님과 이런저런 얘기 끝에 얼핏 그런 얘기를 들었을 뿐이야."

"아, 그렇군요. 사실 저도……!"

"아니, 그 얘기는 그만두세. 자네도 알겠지만, 우리 조카님에게는 남들이 이해할 수 없는 부분이 있지. 하지만 그건 우리네 같은 범인이 넘볼 것이 아니야. 적어도 내 생각은 그러니, 앞으로 자네도 어디를 가나 함부로 언급하지 말길 바라네."

"아, 예. 알겠습니다. 그리하도록 하지요."

"그래, 고맙네."

"무슨 그런 말씀을…… 그게 주군을 곁에서 보필하는 저의 임무인 것을요."

"그런가? 내가 주제넘었군 그래. 미안하이."

"아, 아니, 사과를 하실 것까지야……!"

"아니긴 뭐가 아닌가. 아닌 것은 마땅히 아니라고 해야 하고, 어른이라도 틀렸으면 당연히 사과를 해야 하는 게야."

"아, 예……!"

"그건 그렇고. 자, 그럼 이제 어떻게 한다? 우선 장원과 그간 개간한 인근의 토지부터 청산해야 할 텐데, 아무래도 시간이 좀 걸릴 게야. 그러니 일단 자네부터 돌아가게. 내 늦어도 보름 안에 여기 일을 다 정리하고 출발하겠네."

"아닙니다. 여기 토지와 장원을 구입한 것이 저 아닙니까. 주군께서는 그걸 처리하라고 저를 보내신 것이니, 가주님께서는 지금 바로 짐만 정리해서 가솔들과 떠나시면 됩니다. 주군

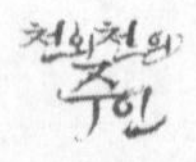

께서 이미 난주에 양가장이 머물 터전을 마련해 두셨습니다."

"아이고, 이런! 이렇게 고마울 때가 있나! 알았네! 그럼 나는 자네만 믿고 떠날 준비를 하겠네!"

설무백의 명령을 받은 제갈명이 풍잔을 떠난 지 보름이 지난 시점이었다.

섬서성 태원부의 풍화장의 대청에서 마주한 제갈명과 양웅의 대화는 이처럼 정중한 제갈명의 태도와 우직한 양웅의 배려 속에 별 탈 없이 마무리되었다.

동석하고 있었음에도 내내 대화에 나서지 않고 있던 네 사람 중 하나, 대력귀가 그제야 말문을 열었다.

"출발은 아무래도 밤이 좋겠죠?"

제갈명이 미소 띤 얼굴로 고개를 끄덕이며 수긍했다.

"남의 눈에 띄어서 좋을 게 없지요. 가급적 낮에는 자고 밤에만 이동하라는 것이 주군의 명령입니다. 그 때문에 아이들을 인솔할 인원을 충분히 데리고 왔습니다. 아이들에게는 야행이 어려울 테니까요."

대력귀가 가만히 고개를 끄덕이는 가운데, 양웅이 어색한 표정을 지으며 말했다.

"우리 인원만으로도 충분해서 그럴 필요까지는 없었는데 말이지."

제갈명이 멋쩍은 기색으로 입맛을 다시며 대답했다.

"저도 그렇게 말했지만, 전혀 통하지 않았습니다."

대력귀를 위시해서 동석한 네 사람 중 다른 하나, 정기룡이 활짝 웃으며 말을 받았다.

"사부님은 누구보다도 아이들을 극진하게 위하니까요."

"하긴……."

양웅이 기분 좋게 웃는 모습으로 정기룡의 말에 동의하고는 벌떡 자리에서 일어나며 말했다.

"자, 자. 이제 이럴 게 아니라 그만 일어나지. 벌써 신시(申時 : 오후 3~5시)가 되어가고 있으니, 바짝 서둘러야 땅거미가 지기 전에 짐이라도 다 꾸려 놓을 수 있을 게야."

그는 서둘러 밖으로 나서며 대력귀를 제외한 정기룡과 나머지 두 사람을, 바로 그 자신을 닮아서 체구가 곰처럼 장대한 두 아들인 양위보와 양위명을 향해 지시했다.

"다른 식솔들은 내가 맡을 테니, 너희들은 어서 가서 아이들을 챙겨라. 보다 인원이 적은 동편은 기룡이 네가 맡고, 위보와 위명이 서편 쪽을 맡으면 되겠다. 우마차들은 전부 다 후문 안쪽에 대기시켜 놓을 테니, 짐은 그쪽으로 옮기도록 하고."

"옙!"

정기룡과 양위보, 양위명이 대청을 벗어나기 무섭게 발길을 서둘러서 좌우로 사라졌다.

대청 밖에는 일단의 사내들이 대기하고 있었다.

설무백의 명령에 따라 제갈명과 동행한 광풍삼랑 노사와 그가 책임지고 있는 홍당의 무사 중 서른두 명이었다.

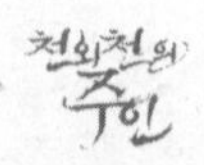

양웅이 그들과 눈인사를 나누고는 서둘러 안채를 향해 발길을 옮기며 말했다.

"그럼 부탁하네."

제갈명은 가만히 고개를 숙이는 것으로 대답을 대신하고는 양웅의 모습이 안채로 이어진 돌담 너머로 사라지기 무섭게 지켜보고 있던 노사를 향해 말했다.

"구해 놓은 우마차를 전부 다 후문으로 옮겨 주시겠습니까?"

노사가 대답 대신 슬쩍 수하들에게 눈짓을 했다.

그의 눈짓을 받은 홍당의 무사들이 재빨리 자리를 떠났다.

정문 쪽에 세워 둔 우마차들을 후문 쪽으로 옮기기 위해서였다.

그는 느긋하게 수하들의 뒤를 따르며 가볍게 웃는 낯으로 제갈명을 향해 말했다.

"역시 오늘 저녁에 바로 출발한다는 거네?"

제갈명이 쩝쩝 입맛을 다시며 대답했다.

"그래서 미리 말했잖아요. 여기 가주님도 우리 주군 말씀이라면 메주는 콩이 아니라 팥으로 쑤는 거라고 해도 곧이들을 분이시라고요."

노사가 물었다.

"난 좋은데, 넌 싫으냐?"

"무조건 해야 하는 일인데, 싫고 좋고가 어디에 있어요. 그냥 힘들어서 그렇지."

제갈명이 정말 힘들다는 듯이 한숨을 내쉬며 새삼 툴툴거렸다.

"보름 내내 줄기차게 달려와서 혹시나 의심을 살까 봐 조심하느라 인근의 이 마을 저 마을을 돌며 당장에 구할 수 있는 모든 우마차를 구해서 방금 전에 도착했는데, 이제 짐을 꾸려서 왔던 길을 다시 돌아가야 하는 겁니다. 안 힘듭니까?"

노사가 가득이나 가는 실눈을 한층 더 가늘게 좁히며 제갈명을 바라보았다.

"그거 돌아갈 때 우마차에 타고 싶다는 얘기지?"

제갈명이 최대한 시무룩한 표정을 지으며 노사를 바라보았다.

그런 그의 입이 열리기 전에 노사가 먼저 말하며 외면했다.

"어림 반 푼어치도 없는 소리 마라. 자리가 부족해서 애들도 교대로 태워야 할 판이다. 아참!"

노사는 깜빡하고 있었다는 듯 이마를 치며 후다닥 달려 나갔다.

"가서 구할 수 있는 짐은 다 빼 버려야겠다! 그래야 애들을 더 태울 수 있지!"

제갈명은 허겁지겁 우마차가 집결할 후문을 향해 달려가는 노사의 뒷모습을 보며 절로 어이없는 표정을 지었다.

도대체가 설무백을 따르는 풍잔의 식구들은 참으로 알다가도 모를 기인이사들 천지였다.

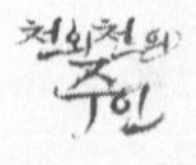

지금 노사만 해도 그랬다.

평소에는 사람의 목숨을 파리의 목숨처럼 여기다가도 지금처럼 생판 남인 아이들이 힘들까 봐 전전긍긍하는 모습을 보이고 있으니, 그로서는 도무지 이해하기가 어려웠다.

제갈명은 그런 생각을 하다가 문득 고소를 금치 못했다.

의지와 무관하게 노사의 판단이 옳다고 생각하며 어느 틈엔가 벌써 발걸음을 서두르고 있는 자신의 실태를 깨달았기 때문이다.

"그것 참……!"

제갈명은 실없이 웃었다.

예전의 그는 이렇지 않았다.

다른 사람을 생각하기에 앞서 자신부터 챙겼다.

하지만 지금은 달랐다.

분명 달라지고 싶어서 달라진 것은 아니지만, 지금의 그는 자신에 앞서 남을 챙기지는 못해도 최소한 우리를 먼저 챙기는 사람으로 달라져 있었다.

그런 면에서 볼 때, 아무리 생각해도 설무백은 빛이나 어둠과 같았다.

설무백은 누구든 그 앞에 서면 의지와 상관없이 그가 가진 색으로 물들어 버리게 하는 마력을 가지고 있는 것이다.

"그나저나 경계는 강화했는지 모르겠네."

제갈명은 풍잔을 떠나오면서 설무백에게 경계를 강화하는

것이 좋을 것 같다고 조언했다.

풍잔이 의도치 않게 급변하는 정세와 맞물려서 주변을 청소한 꼴이 되어 버려서 혹여 설무백이 말하는 암중 세력의 이목에 띄었을 수도 있다는 판단에서였다.

그러나 설무백을 떠올리는 바람에 생각이 절로 거기까지 미쳤던 제갈명은 이내 피식 실소하며 손을 내저었다.

"지금 내가 감히 누굴 걱정하고 자빠졌냐."

지금 풍잔에는 설무백이 있었다.

설무백이 자리한 풍잔은 조금 과장해서 설령 강호 무림의 태산북두로 일컫는 소림사나 무당파가 공격해도 끄떡없다는 것이 제갈명의 생각이었다.

이러다가 천하를 제패할 욕심이 생길까 봐 두려울 지경인데, 외부의 침입을 걱정하고 있다니, 다시 생각해 봐도 참으로 한심한 일이 아닐 수 없었다.

"세상에 어떤 멍청한 얼간이가 풍잔을 노릴 거라고……! 말도 안 되는 일이지!"

제갈명은 못내 그렇게 치부하며 그냥 웃어넘겨 버렸다.

아무리 생각해도 그게 당연한 일이었다.

그러나 우습지 않게도 그의 생각과 달리 멍청한 얼간이가 있었다.

그것도 한둘이 아니라 아주 많았다.

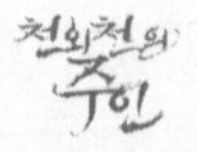

⁂

"뭐? 경계가 있다고?"

난주의 동문 밖으로 삼여 리가량 떨어진 지역에 자리한 수풀 지대였다.

천사교의 백팔사도 중 서열 십일 위인 천인도마(天刃刀魔)는 척후의 보고에 절로 이채로운 눈빛을 드러내며 전방을 주시했다.

아직 땅거미가 내리기 전인 수풀 사이로 드러난 전방은 자잘한 잡목이 우거진 평지가 대략 백여 평 정도 펼쳐져 있었다.

그래서 혹시나 하고 척후를 보냈다.

일단 평지로 들어서면 평지 너머에 자리한 구릉의 비탈에 완전히 노출되는 까닭에 주의를 기울인 것인데, 그의 판단이 옳았다.

평지가 끝나는 지점에 자리한 그 구릉의 비탈에 경계가 있었던 것이다.

"한데, 왜 손을 쓰지 않고 그냥 돌아온 거냐?"

천인도마의 질문을 받은 사내, 자벽호(紫壁虎)가 살짝 낯빛을 붉히며 대답했다.

"경계는 하나가 아니었고, 그자를 처리하면 다른 자에게 저의 모습이 드러날 수 있다는 판단이 들어서 포기했습니다."

"그래?"

천인도마는 절로 감탄했다.

감탄할 수밖에 없는 일이었다.

자벽호는 천사교의 주력이 되는 무력인 호교 사자(護教使者)를 무려 백 명이나 거느릴 수 있는 지위인 초혼 사자(招魂使者)였다.

굳이 비교한다면 소위 강호 무림의 명숙이라는 자들을 마음대로 가지고 놀 수 있는 실력자인 것이다.

그런데 그런 실력자인 자벽호가 자신의 모습이 드러날 것이 두려워서 나서지 못했다고 했다.

이건 다시 말해서 자벽호가 지금 경계를 서는 자를 둘 혹은 셋 이상 상대할 수 없다는 의미였다.

그리고 결국 돌려 말하면 지금 난주로 들어가는 길목에 자리한 저 평지 너머 능선의 비탈에는 강호의 명숙에 해당하는 고수가 경계를 서고 있다는 뜻이었다.

'이게 정말 말이 되는 얘기인 건가?'

천인도마는 혹시나 하는 마음에 슬며시 자벽호의 기색을 살펴보았으나, 자벽호의 기색에서는 그 어떤 기만이나 거짓의 기운을 발견할 수 없었다.

그래도 믿기지가 않았다.

"어떻게 생각해?"

천인도마는 슬쩍 고개를 돌려서 지근거리의 나무둥지에 등을 기대고 앉아 있는 학창의의 중년 사내를 향해 물었다.

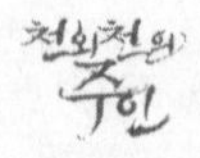

동료 사도인 벽인금마(辟刃金魔)였다.

"나라면 우선 후방인 정서부(定西府)를 훑고 계신 신안신군(申眼神君)에게 보고를 드릴 테지만, 너는 안 그럴 것 같은데?"

백사금마는 백팔사도 서열 사십사 위라 천인도마와 비교하면 무려 서른세 계단의 차이가 있었다.

그러나 백팔사도는 원칙적으로 평등한 형제들이기에 서열의 고하를 나눌 수 없었다.

지금 벽인금마가 한참 위의 서열인 천인도마에게 터놓고 반말을 할 수 있는 이유가 거기에 있었다.

"음흉한 녀석!"

천인도마는 짐짓 삐딱한 눈빛으로 벽인금마를 매섭게 노려보며 쏘아붙였다.

"자기도 같은 생각이면서 모든 걸 내게 뒤집어씌우려는 고약한 그 심보를 내가 모를 줄 알아?"

벽인금마가 굳이 부정하지 않으며 음충맞은 웃음을 흘렸다.

"대신 공을 세우면 전부 다 네가 가지면 되는 거다. 이 얼마나 공평한 자세냐. 흐흐……!"

천인도마는 슬쩍 주변을 둘러보았다.

자벽호를 포함한 네 명의 초혼 사자와 육십 명의 호교 사자들이 불처럼 빛나는 눈초리로 그의 시선을 마주하고 있었다.

다들 공을 세우고 싶은 마음인 것이다.

자벽호의 보고는 과장되게 들리는 데 반해, 이 정도 전력이면 강호 무림의 어지간한 문파 하나는 단번에 초토화시킬 수 있다는 것은 틀림없는 사실이었다.

하물며 지금 심증이 가는 상대는 고작 일개 객잔의 주인 나부랭이였다.

아무리 생각해도 선택의 여지가 없는 일인 것이다.

"쓸데없이 일을 크게 벌일 필요는 없으니, 일단 밤이 되기를 기다렸다가 우회해서 입성한다!"

모두가, 하다못해 능글거리던 벽인금마조차도 천인도마의 결정에 토를 달지 않고 수긍했다.

그래서 그들은 정확히 한 시진 반을 묵묵히 그 자리에서 대기한 후, 성곽을 우회하다가 성벽을 넘어서 난주로 입성했고, 다시 한 시진이 걸려서 풍잔을 목전에 두게 되었다.

자시(子時 : 오후 11~오전 1시)로 들어선 시점이었다.

달이 뜨긴 했으나, 먹구름으로 그늘진 대지에 자리한 풍잔의 전경은 매우 음산한 느낌을 주었다.

드넓게 자리한 크고 작은 전각군이 달빛 그늘로 인해 일면 어둡고 일면 희미하게 보이는 데다가, 기본적으로 고요하게 가라앉아 있어서 더욱 그랬다.

분명 객잔이라고 했는데, 불야성을 이루는 저잣거리의 풍광과 달리 여느 일가의 장원처럼 벌써 다들 잠자리에 들었는지 사람의 모습은 보이지 않고 불빛도 여기저기 드문드문 깔려 있어서 전체적으로 으스스한 풍경을 자아내고 있는 모습이었다.

"객잔이라고 하질 않았나?"

"아, 예, 분명 그렇다고 들었는데……?"

천인도마는 진땀을 흘리며 자신 없게 말을 얼버무리는 초혼사자 자벽호의 태도에 확 짜증이 밀려왔다.

"지금 네 눈에는 저게 영업을 하는 객잔으로 보이냐?"

자벽호가 입이 열 개라도 할 말이 없다는 듯 묵묵히 고개를 수그렸다.

"설마 우리의 침입을 이미 알고 있는 것은……?"

자벽호와 같은 초혼 사자인 외눈박이 모백수(謨白手)가 불쑥 끼어들다가 싸늘한 천인도마의 눈초리를 의식하고는 재빨리 말을 바꾸었다.

"……그럴 리는 없겠죠?"

사실은 그것까지 염두에 두어야 하는 상황이 맞았으나, 천인도마는 반사적으로 고개를 저었다.

절대 그럴 리가 없었다.

아직 여기 풍잔의 주인이 항간에 유명세를 떨치는 흑포사신 설무백이라는 것도 확실하지 않지만, 그동안 천사교의 하부 조직을 소통하고 다닌 원흉이라는 것도 아직은 사실무근이었다.

아니, 설령 그 모든 것이 사실이라고 해도 작정하고 숨어든 그들의 침습을 사전에 파악한다는 것은 절대 있을 수 없는 일이었다. 일개 객장의 주인에게 그만한 능력이 있다는 것은 정말 상상도 할 수 없었다.

남북대전으로 인해 깊숙이 은둔해 살던 재야의 고수들마저 속속들이 모습을 드러낸 마당에 그와 같은 절대고수가 무엇을 바라고 이따위로 숨어서 살 것인가.

'말이 안 되는 일이지.'

천인도마는 내심 코웃음을 치는 것으로 마음을 정리했다.

그리고 초혼 사자인 자벽호와 모백수, 그리고 예하의 호교 사자 서른 명과 시선을 맞추며 주의를 주었다.

"놈을 잡는 것은 벽인금마가 아니라 나, 이 천인도마여야 한다. 다들 무슨 말인지 알지?"

"옙! 알겠습니다!"

자벽호와 모백수 이하 서른 명의 호교 사자들은 누가 먼저랄 것도 없이 동시에 힘주어 대답하며 고개를 숙였다.

사실 다들 모를 수가 없었다. 천인도마는 백팔사도 중에서도 자존심이 강하기로 손꼽히는 인물이었다.

초혼 사자들과 호교 사자들 사이에서는 같이는 죽으면 죽었지 절대 지고는 못 사는 위인 중 하나가 바로 천인도마였다.

그런데 그런 그가 지금 같이 동행한 벽인금마와 정문과 후문으로 갈라져서 양동작전을 준비하며 하는 말이었다.

모르는 사람이라면 있는 그대로 주의로 받아들일지 모르겠

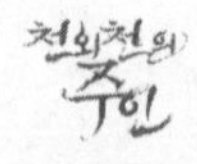

으나, 적어도 지금 이 자리에 있는 그들, 초혼 사자들과 호교 사자들은 목숨을 걸어야 하는 위협인 것이다.

"좋아, 지금쯤이면 저쪽도 준비를 끝냈을 테니, 이만 들어가 보자. 늘 그렇듯 눈에 띄는 건 사람이든 짐승이든 전부 다 제거하는 거 알지?"

"옙!"

자벽호와 모백수, 그리고 오십 명의 호교 사자는 충직하게 대답하며 기민하게 앞으로 나아갔다.

기실 벽인금마가 이끄는 조혼사자들과 호교 사자들은 방금 그들과 함께 이곳으로 와서 조금 전에 떠났고, 풍잔의 규모는 청동빛 기와를 얹은 담장이 시선에 다 담을 수 없을 정도로 길게 뻗어 있었다.

얼추 눈대중으로 가늠해 보아도 벽인금마 등이 벌써 후문에 도착했을 정도로 풍잔의 규모는 작지 않은 규모인 것이다.

그러나 지금의 자벽호 등에게 그런 상식은 전혀 무의미했다. 천사교에서 백팔사도의 위상은 감히 그들이 넘볼 수 있는 것이 아니었다.

물론 고작 객잔 하나 쓸어버리는 데 무슨 문제가 있겠냐는 자신감이 그들의 생각 기저에 깔려 있기 때문이기도 했지만 말이다.

초혼 사자인 자벽호나 모백수는 말할 것도 없고, 천사교에서는 고작 말단을 벗어난 수준에 불과한 호교 사자들도 강호 무림의 어디를 가도 행세깨나 하는 고수로 대우받을 수 있는 실력을 갖추고 있는 것이다.

지금 그 실력이 여실히 드러나고 있었다.

사사사삭–!

천인도마의 명령과 동시에 나선 서른 명의 호교 사자는 마치 한 사람이 움직이는 것처럼 기민하게 풍잔의 담을 넘어 들어갔고, 바람처럼 순식간에 사방으로 흩어져서 동정을 살피며 나아갔다.

초혼 사자 자벽호와 모백수가 기민하게 그 뒤를 따랐고, 천인사도는 나중에 산책을 하듯 태연하게 어슬렁어슬렁 움직여서 그들의 뒤를 따라서 담을 넘었다.

삼십 명이 넘는 인원이 담을 넘어 침입했음에도 불구하고 풍잔의 내부는 조용했다.

그 어디에서도 아무런 경호성이 터지지 않고 있었다.

초혼 사자는 마냥 그러려니 하며 입가에 맺힌 미소를 잃지 않았다.

일개 객잔의 점소이들이 혹은 기껏해야 일개 객잔에서 고용한 호위 무사들 따위가 그들의 침입을 간파한다면 그게 오히려 이상한 일일 터였다.

그러나 천인마도의 그와 같은 당연히 크게 잘못된 생각, 오판이었다.

풍잔은 일개 객잔이 아니었고, 거기서 일하는 점소이나 호

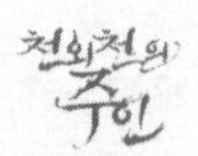

위 무사들도 일개 객잔과 달랐다.

그 때문이었다.

천인마도 등은 풍잔의 담을 넘기 전부터 여러 사람의 주목을 받고 있었다.

내색을 삼가고 있는 그들 중, 풍잔의 대문 안쪽에 자리한 전각의 처마 아래 그늘에 박쥐처럼 거꾸로 매달려 있는 세 사람, 천살과 지살, 금혼살이 조용한 대화를 나누었다.

"어떻게 할까?"

"어떻게 하긴 뭘 어떻게 해. 주군의 명령을 벌써 잊은 거냐, 너?"

"영내에 있는 모든 전각들의 복도를 청소해라. 별도의 지시를 내리기 전까지 절대 다른 짓하지 말고, 먼지 하나 없이 깨끗하게. 주군이 우리에게 내린 명령은 이게 다잖아?"

"그래, 그러니까 저놈들이 전각의 복도를 더럽히지 않는 한 그냥 지켜보면 되는 거야."

"저놈들이 전각의 복도를 더럽히면?"

"그야, 청소해야지. 깨끗하게. 그게 주군의 명령이니까."

"아, 그렇군. 간단하네."

"우리야 그렇지만……."

천살의 시선이 지살의 건너편에 매달려 있는 금혼살을 향해 돌려졌다.

"괜찮겠어요?"

금혼살이 어딘지 모르게 뚱한 표정으로 반문했다.

"뭐가?"

천살이 말했다.

"마당쇠 아니세요? 제가 듣기에는 그런 것 같던데?"

지살이 맞장구를 쳤다.

"아, 맞다. 전에 금 아저씨에게 주군께서 그랬잖아요. 외당과 내당의 마당과 소로 깨끗하게 유지하라고. 낙엽 하나 굴러다니는 것만 눈에 띄어도 전에 대든 죄과를 받아 낼 테니, 단단히 각오하라고. 맞죠?"

금혼살이 이제야 기억난 듯 낯빛이 흙빛으로 변했다.

천살이 그 얼굴을 곁눈질하며 말했다.

"쟤들 지금 마당이며 길이며 엄청 어지럽히는 것 같지?"

지살이 장단을 맞추었다.

"그러게. 에구구, 저놈 저거는 화단의 화분까지 마구 밟고 가네. 다들 하나같이 보통 놈들이 아닌데, 왜 저러지?"

"일부러 저러는 거야."

"아, 아무도 안 보이니까?"

"그래. 조금씩 기척을 내서 듣고 나오는 사람부터 처리하려는 거야. 이런 방면으로 전문가라는 뜻이지."

"우리와 같은 계통의 놈들이라는 건가?"

"그렇게 보이지는 않는데……?"

"알았으니까, 됐고."

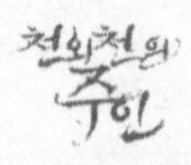

금혼살이 더는 참지 못하고 단호하게 그들의 말을 끊으며 이내 헤벌쭉 웃는 낯으로 두 손을 모았다.

"도와주라, 응?"

천살이 기다렸다는 듯이 제안했다.

"보름 동안 마루 청소 도와주기."

지살이 불쑥 고개를 저으며 끼어들었다.

"아니, 아니, 보름 말고 한 달!"

금혼살이 눈을 부라렸다.

"이런 날도둑놈들……!"

"싫으면 말고요."

"다른 애들에게 다 빼앗기고 나면 나중에 변명의 여지도 없을 텐데, 그건 알아서 하세요."

천살과 지살이 약속이라도 한 것처럼 동시에 금혼살을 외면했다.

금혼살이 재빨리 말을 바꾸었다.

"……이 아니라, 알았다! 도와준다! 마루 청소 한 달!"

천살이 히죽 웃고는 박쥐처럼 거꾸로 매달려 있던 처마로 스르르 스며 들어가며 말했다.

"내가 우측."

지살이 마찬가지로 웃으며 전각의 벽속으로 스르르 파고들어 가며 말했다.

"내가 좌측."

금혼살이 잠시 정말 얄밉다는 눈초리로 천살과 지살을 노려보다가 이내 처마에 걸고 있던 발끝을 풀어서 뚝 떨어지며 바닥으로 내려섰다.

그리고 동시에 소리 없는 경신술을 발휘해서 저만치 가고 있는 침입자들의 뒤를 따르기 시작했다.

침입자들의 능력이 쉽게 볼 수 없을 정도로 대단하다는 것을 익히 간파했음에도 불구하고 그의 발걸음은 성급할 정도로 매우 빨랐다.

마음이 조급해져서였다.

천살의 말마따나 지금 적의 침입을 감지한 것은 그들만이 아닐 것이기 때문이다.

풍잔은 설무백이 복귀한 이후 예전의 기조를 바꾸어서 외곽의 정찰도 대폭 축소하고, 영내의 경비도 동서남북에 각기 두 사람씩만을 두는 것으로 줄였다.

그러나 풍잔은 누가 경계를 서든, 그 인원이 얼마든 아무런 상관없다는 것이 금혼살의 생각이었다.

금혼살이 아는 풍잔은 그야말로 용담호굴(龍潭虎窟)인 까닭이었다.

그런 그의 시선에 담을 넘어서 들어오기 무섭게 사방으로 흩어진 침입자의 무리에서 떨어져 나와 지근거리에 있는 전각의 외벽에 달라붙는 사내 하나가 들어왔다.

내부로 잠입하기 위해서 동정을 살피는 모양이었다.

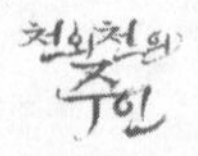

금혼살은 일체의 기척도 없이 순간적으로 달려들어서 그 사내의 입을 막고 목젖을 움켜잡았다.

푸욱-!

갈고리처럼 구부러진 그의 손가락이 사내의 목젖 안으로 파고들어 가서 숨을 끊어 버렸다.

외문기공 금강벽에 기반한 금강수(金剛手)의 일수였다.

일견 잔인해 보이긴 하나, 소리 없이 적을 제거하는 데는 이보다 더 효과적인 방법도 없었다.

금혼살은 숨이 끊어진 사내를 조용히 바닥에 내려놓고 새로운 먹이를 찾아서 두 눈을 빛내며 생각했다.

'내 손으로 하나라도 더 제거해서 주군께 명분을 세우려면 서둘러야 한다!'

임무를 받은 것도 아니고, 명분을 세울 이유 따위도 전혀 없지만, 본의 아니게 금혼살과 약간의 차이를 두고 침입자의 하나의 목숨을 거둔 사람이 여기도 있었다.

풍잔의 후문으로 다가서던 제연청이 그랬다.

제연청은 본의 아니게, 그야말로 무심결에 칼을 휘둘러서 죽인 사내의 주검을 물끄러미 바라보며 쓰게 입맛을 다셨다.

기실 그는 늘 그렇듯 육방에서 문을 열어 놓고 일을 하다가 천인도마 일행을 보고 따라나섰다.

천인도마 일행은 서로 같은 일행이 아닌 것처럼 거리를 두고 삼삼오오 따로 떨어져서 지나가고 있었지만, 그는 그들이 같은 일행이며 풍잔을 향해 가고 있다는 것쯤은 어렵지 않게 알 수 있었다.

그들의 몸에서는 그와 같은 피 냄새가 났으며, 적개심에 물든 그들의 시선이 모두 하나같이 풍잔에 고정되어 있었기 때문이다.

제연청은 그래서 발골(拔骨)을 끝낸 돼지고기를 부위별로 나누어 썰던 모습 그대로 그들을 따라왔고, 그들이 인원을 반으로 나누자, 후문 쪽으로 이동하는 자들의 뒤를 따라서 후문으로 온 것이었다.

그러다가 그는 실수를 했다.

아니, 엄밀히 말하면 그가 실수를 했다기보다는 상대가 예상보다 더 뛰어난 고수였기에 벌어진 일이었다.

제연청은 분명 다들 후문으로 들어가는 것을 보고난 다음에 나섰는데, 후미의 한 사내 하나가 그의 기척을 간파하고 순간적으로 돌아서서 기습 공격을 해 왔던 것이다.

물론 그래서 죽은 것은 기습 공격을 가했던 사내였다.

사내는 제연청의 예상보다 강했을 뿐이지, 제연청보다 강하지는 않았던 것이다.

게다가 제연청은 최근 독문도법인 현천자하벽라도법(玄天紫

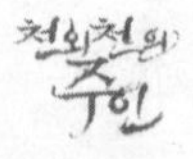

昰霹羅刀法)을, 일명 벽라도법(霹羅刀法)의 심득을 취하고 대성을 이루어서 그 자신의 평가보다 더 강해져 있었다.

허구한 날 고기나 썰고 있던 자신이 왜 갑자기 과거 뼈를 깎는 노력을 마다하지 않으며 사력을 다했어도 깨닫지 못한 벽라도법의 심득을 취하고 대성을 이룬 것인지는 그 자신 스스로 생각해도 이해할 수 없는 일이었다.

다만 그는 분명히 벽라도법을 대성했고, 그 바람에 전에 비해 월등히 강해져 있었다.

솔직히 말해서 어제까지만 해도 확신할 수가 없었으나, 오늘 지금 이 순간에 그는 그것을 확신할 수 있게 되었다.

어쩌다 보니 벽라도법의 첫 번째 제물이 되어 버린 사내의 주검이 그것을 말해 주고 있었다.

제연청이 그동안 가지고 있던 기준에 의하면 이 사내는 분명 상당한 수준의 무공을 익힌 고수였고, 절대로 그의 단칼에 이렇듯 쉽게 죽어 버릴 위인이 아니었다.

그런데 죽었다.

반사적으로 휘두른 그의 반격을 막지도, 피하지도 못한 채 속절없이 목을 바쳤다.

과거의 아니, 얼마 전의 그였다면 이 사내를 이렇듯 쉽게 제압할 수 없었을 것이다. 게다가 지금 그의 손에 들린 것은 육방에서 고기를 부위별로 나눌 때 사용하는 식칼이었다.

"어디 한 번 더……."

제연청은 풍잔의 후문을 훌쩍 뛰어넘어서 후원으로 들어섰다. 그러자 마침 사방으로 흩어지고 있는 사내들 중에서 후미에 있던 사내 하나가 그의 기척을 느낀 듯 돌아서서 고개를 갸웃했다.

자신의 뒤에 있던 동료가 사라져서 이상하다고 생각하는 것인 줄 알았는데, 그게 아니었다. 지극히 허술해 보이는 제연청의 모습을 이상하다고 생각하는 것이었다.

제연청의 전신을 위아래로 훑어보며 참으로 한심하다는 듯이 건네는 말이 그랬다.

"넌 뭐냐? 푸줏간에서 왔냐?"

제연청은 무심결에 자신의 모습을 살펴보았다.

육방의 작업복인 가죽을 누벼서 우비처럼 만든 앞치마를 걸친 채 한 손에 식칼을 들고 있는 자신의 모습은 스스로 우스꽝스럽기 짝이 없었다.

"그러니까 그게……."

제연청은 멍하니 서서 손가락으로 관자놀이를 긁으며 잠시 고심하다가 대답했다.

"응."

"어휴……!"

사내가 제연청이 고르고 고른 짧은 대답을 듣기 무섭게 정말 귀찮다는 표정으로 한숨을 내쉬며 뚜벅뚜벅 다가왔다.

정말 별거 아닌 물건이라고 생각하며 그냥 다가와서 그냥

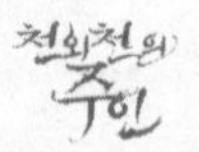

수중의 칼을 휘둘러서 목을 쳐 버릴 심산으로 보였다.

제연청은 그렇게 다가오는 사내의 목을 먼저 쳐 버렸다.

벽라도의 한 초식이었다.

사내는 뻔히 보면서도 막지도, 피하지도 못했다.

서걱-!

사선을 그리며 명멸하는 섬광 아래 사내의 머리가 공중으로 떠올랐다.

머리를 잃은 사내의 몸 썩은 고목나무처럼 옆으로 쓰러지고, 뒤늦게 떨어진 머리가 그 몸에 떨어졌다가 옆으로 기울어져서 바닥을 떼구루루 굴렀다.

제연청은 멀거니 사내의 주검을 바라보며 새삼 손가락으로 관자놀이를 긁적였다.

이건 무언가 시험해 보는 것과는 거리가 멀었다.

사내가 그를 무시한 까닭에 너무 방심한 나머지 자기 실력을 발휘하지 못한 것 같았다.

"어디 한 번만 더……!"

제연청은 사내의 주검을 뒤로하고 풍잔의 영내로 진입해 들어갔다.

다행히도 아직 시험해 볼 수 있는 적은 많이 있었다.

다음 권으로 이어집니다

암살자였던 군주

김기세 판타지 장편소설

죽음의 신에 의해 세상이 어지러울 때
암살자가 소리 없이 다가와 구원하리라!

가족을 잃고 왕국 변방에서 평범하게 살아가던
전설의 특급 살수 가브

동생이 생존해 있음을 알고 찾으러 떠나지만
그의 앞에 펼쳐진 것은
누구든 구울이 되어 버리는 흑마법의 세상!

세상을 집어삼키는 것이 마신의 계획임을 깨달은 가브는
대항할 힘을 갖추기 위해 나라를 세우고
군주의 길을 걷기로 결심하는데……!

군주가 된 암살자는 신도 살해한다!
마음 한편이 서늘해질 다크 판타지가 시작된다!